双葉文庫

はぐれ長屋の用心棒

疾風の河岸

鳥羽亮

目次

この作品は双葉文庫のために書き下ろされました。

疾風《はやて》の河岸《かし》　はぐれ長屋の用心棒

第一章　朋《ほう》友《ゆう》

一

ポタ、ポタ……。軒下から落ちる雨垂れの音がした。

……雨か。

目を醒《さ》ました菅井紋太夫《すがいもんだゆう》は、腹の上の掻巻《かいまき》を押し退《の》け、むくりと身を起こした。朝だというのに薄暗く、湿気を含んだ大気が部屋をつつんでいる。

菅井は立ち上がると、ボリボリと頭を掻《か》いた。ひどい格好である。肩まで垂れた総髪は乱れに乱れ、くずれた鳥の巣のようである。

菅井の歳は五十二。顔は顎がしゃくれ、肉をえぐりとったように頬がこけ、目が細い。般若《はんにゃ》のような顔である。おまけに寝間着の襟元がひろがり、襟の間から肋骨の浮き出た胸が覗いている。暗い陰気な座敷に立っている菅井の姿は、幽鬼と貧乏神をいっしょにしたような不気味さがある。

その菅井が、ニヤリとした。

……今日は仕事にならんな。となれば、将棋だ。

菅井は胸の内でつぶやくと、そそくさと着替え始めた。

菅井は生まれながらの牢人だった。住まいは伝兵衛店《でんべえだな》、古い棟割り長屋である。菅井は両国広小路《ひろこうじ》で、居合抜きを観せて銭をもらう大道芸で暮らしをたてていたが、雨の日は仕事にならない。

菅井は無類の将棋好きだったこともあり、雨の日は将棋で過ごすことが多かったのである。

伝兵衛店は、界隈《かいわい》ではぐれ長屋と呼ばれていた。食いつめ牢人、その日暮らしの日傭《ひよう》取り、親から勘当されて行き場を失った者、その道から挫折した職人などはぐれ者が多かったからである。

菅井は同じ長屋に住む華町源九郎《はなまちげんくろう》の家に行くつもりだった。源九郎も独り暮らしで、将棋の好敵手である。

……華町は、めしの支度などせんだろう。握りめしでも持っていってやるか。

源九郎は、菅井と同じように男やもめで、めしを炊かないことが多いのだ。

菅井は着替えを終えると、土間に下りた。土間の隅が流し場になっていて、棚に置いた飯櫃《めしびつ》に昨夜のめしが残っているはずである。

菅井はやもめ暮らしだが几帳面なところがあり、夕餉《ゆうげ》の支度をするおりに明日の朝餉の分までめしを炊いておいたのだ。

菅井は着物の袖を捲《まく》り上げ、飯櫃のめしを握り始めた。慣れた手付きで握りめしを作り終えると、昨日の夕餉のおりに残しておいた小皿のたくあんも飯櫃のなかに入れた。将棋を指しながら、源九郎と朝めしを食おうと思ったのである。

「どうだな、雨のぐあいは」

菅井は腰高障子をあけて、外を覗いた。

たいした雨ではなかった。これなら、傘なしで源九郎の家まで行けるだろう。

菅井は将棋盤と飯櫃を抱えると、下駄を履き、ぬかるみを跳ねるような足取りで源九郎の家にむかった。

長屋はけっこう騒がしかった。雨で仕事を休んだ亭主や遊びに出られない子供が家にいるせいかもしれない。亭主のがなり声や赤子の泣き声、子供を叱りつける母親の声などがあちこちから聞こえてきた。

源九郎の家は静かだった。人声も物音もしない。まだ、眠っているのかもしれない。

「華町、いるか」

菅井は声をかけてから、腰高障子をあけた。

家のなかは薄暗かった。湿気を含んだ大気のなかに酒の匂いが残っていた。昨夜、飲んだのであろう。

源九郎は座敷のなかほどで寝ていたが、腹の上にかけてあった掻巻を脇に撥《は》ね飛ばして身を起こした。

「おお、菅井か……」

源九郎は両腕を突き上げて大欠伸《あくび》をした。

源九郎は小袖に角帯姿だった。小袖の肩口には継ぎ当てがあり、だらしなくひろがった襟元は垢で黒びかりしている。おまけに、ひろがった小袖の裾の間から汚れた褌《ふんどし》が覗いていた。華町という名に反し、ひどくうらぶれた格好である。

源九郎は還暦にちかい老齢だった。くしゃくしゃな鬢《びん》や髷《まげ》は、白髪だらけである。ただ、背丈は五尺七寸ほどあり、手足は太く、腰もどっしりと落ちついていた。丸顔ですこし垂れ目、いかにも人のよさそうな憎めない顔の主である。

ただ、そうした風貌に似合わず、剣の遣い手であった。少年のころから桃井《もものい》春蔵《しゅんぞう》の鏡新明智流《きょうしんめいちりゅう》の道場に通い、二十歳を過ぎるころには、師匠も驚くほどに腕を上げたのである。ところが、二十五歳のとき、師匠の勧める旗本の娘との縁談をことわったことで、道場にいづらくなってやめてしまった。その後は、剣術の他流や居合、槍術なども学んだが、結局ものにならず、いまに至っている。

華町家は五十石の御家人だった。源九郎は家を継ぎ、御家人暮らしをつづけていたが、倅の俊之介《しゅんのすけ》が君枝《きみえ》という嫁をもらったのを機に隠居して、伝兵衛店で独り暮らしをするようになったのだ。同じ屋根の下で倅夫婦に気兼ねして暮らすのが嫌だったのと、妻を亡くした独り身の気軽さがあったからである。

源九郎には華町家から合力はあったが、それだけではとても暮らしていけず、傘張りを生業《なりわい》としていた。

「華町、その格好で寝たのか」

菅井が呆《あき》れたような顔をして言った。

「ああ、面倒だったのでな」

源九郎は立ち上がると大きく伸びをして、

「菅井、こんな朝早くから、どうしたのだ？」

と、訊《き》いた。

「早いだと、おまえが遅いのだ。……もう、五ツ（午前八時）ごろだぞ」

「まだ、暗いではないか」

源九郎は座敷の隅に目をやって言った。なるほど、薄暗い。まだ、夜明け前の暗さである。

「今日は、雨だ。雨……」

そう言うと、菅井は飯櫃と将棋盤を抱えたまま框《かまち》から上がってきた。

「雨か……」

「雨の日は、これだ」

菅井が将棋盤を差し出しながら言った。

「おい、おれは、いま起きたところだぞ」

源九郎は渋い顔をした。

「そんなことは分かっている。おれが、起こしたのだからな」

「顔も洗ってないし、朝めしもまだだ」

「朝めしなら、おれが用意した。それとも、これからめしを炊くか」

菅井は飯櫃を座敷のなかほどに置いて蓋を取り、

「見てみろ、握りめしだ。たくあんもあるぞ」

と、細い目をさらに細めて言った。

「それは、ありがたい。……だが、顔ぐらい洗わせてくれ」

源九郎は、座敷の隅にかけてあった手ぬぐいを肩にひっ掛けた。

「そういえば、おれも洗ってなかったな」

菅井も、懐から手ぬぐいを出した。

雨が降っていたし、井戸端まで行くのも面倒だったので、ふたりは流し場の小桶に水を汲んで顔を洗った。

「さァ、やるぞ！」

菅井が将棋盤を前にして声を上げた。

「握りめしを食いながらだぞ」

仕方なく、源九郎も将棋盤を前にして腰を下ろした。

「分かってる。腹が減っては、戦はできん。朝めし抜きでは、将棋はできん。そうだな、華町」

ひとりでしゃべりながら、菅井は駒を並べ始めた。

二

パチリ、と源九郎は王の前に金を打ち、

「王手飛車取りだ」

と言って、小皿に残っていたたくあんに手を伸ばした。

「うむ……。妙手だ」

菅井が将棋盤を見つめながら、唸《うな》り声を上げた。口をへの字に引き結び、顔を赭黒《あかぐろ》く染めている。長考に入ったのだ。

……あと、五、六手でつむな。

源九郎は、たくあんを嚙みながら胸の内でつぶやいた。

「ならば、こうだ」

声を上げざま、菅井が王を後ろに引いた。長考の割りには凡手である。ただ、王を逃がしただけなのだ。

菅井は無類の将棋好きだが、あまりうまくない。下手な横好きというやつである。

「では、飛車をいただくか」

源九郎は、金で飛車をとった。

「おのれ！　そう来たか」

菅井は、将棋盤を睨みつけながら摑《つか》みかからんばかりの顔をしている。

……大袈裟《おおげさ》な男だ。

と、源九郎は思ったが黙っていた。王を逃がせば、金で飛車をとることは分かり切ったことだった。

「うむ……」

菅井は、また長考に入った。

源九郎は飯櫃のなかを覗いたが、握りめしもたくあんも残っていなかった。ふたりで、平らげてしまったのだ。

「水でも飲むか」

源九郎がそう言って、腰を上げようとしたときだった。

戸口に走り寄る足音がした。だれか来たようである。

「華町の旦那、いやすか！」

声がして、腰高障子が勢いよくあいた。

姿を見せたのは、茂次《しげじ》だった。だいぶ急いで来たと見え、荒い息を吐き、顔を紅潮させていた。

茂次も長屋の住人で、研師《とぎし》をしていた。若いころ、刀槍を研ぐ名のある師匠に弟子入りしたのだが、師匠と喧嘩して飛び出し、いまは路地裏や長屋などをまわり、包丁、鋏《はさみ》、剃刀《かみそり》などを研いだり、鋸《のこぎり》の目立てなどをして暮らしていた。茂次も、雨が降ると仕事に出られず、長屋にくすぶっていることが多いのだ。

「す、菅井の旦那も、いっしょで」

茂次が息を弾ませて言った。

「見れば分かるだろう」

菅井は憮然《ぶぜん》とした顔をして将棋盤を睨んでいる。

「茂次、どうしたのだ？」

源九郎が訊いた。

「また、黒鬼《くろおに》が出たんでさァ」

茂次が目を剝《む》いて言った。

黒鬼というのは、夜盗だった。それも、武士だけの五人組である。いずれも鬼面をかぶり、黒の小袖に黒のたっつけ袴。黒頭巾をかぶっていた。黒ずくめの扮装《いでたち》で、鬼面をかぶっていたことから、黒鬼組とか黒鬼党と呼ばれていた。

ここ、二月《ふたつき》ほどの間に、日本橋室町の薬種問屋、松島屋《まつしまや》と深川佐賀町《さがちょう》の油問屋、利根川屋《とねがわや》にたてつづけに押し入り、大金を奪っていた。また、松島屋ではふたり、利根川屋でひとり、奉公人が黒鬼党に斬り殺されていた。

「今度は、どこの店に押し入ったのだ」

源九郎が訊いた。

「深川今川町《いまがわちょう》の戸田屋《とだや》でさァ」

「材木問屋か」

源九郎は、深川今川町に戸田屋という材木問屋の大店《おおだな》があるのを知っていた。

「へい」

「近いな」

源九郎たちの住む伝兵衛店は、本所相生町《あいおいちょう》一丁目にある。大川端沿いの道に出て、川下に向かえば、今川町まですぐである。

「それで、戸田屋でもだれか殺されたのか」

源九郎が訊いた。

「奉公人がふたり、殺《や》られたそうですぜ」

茂次は、長屋に顔を出したぼてふりから話を聞いたと言い添えた。

「菅井、行ってみるか」

源九郎は、将棋に飽きていた。それに、雨も上がったらしく、さきほどまで聞こえていた雨垂れの音がやんでいる。

「うむ……」

まだ、菅井は低い唸り声を上げて将棋盤を睨んでいる。

「雨もやんだようだぞ」

さらに、源九郎が言うと、

「いい勝負だが、やむを得ん。……将棋はこれまでにするか」

菅井はもっともらしい顔をして言うと、将棋盤の駒を掻き混ぜてしまった。

……何が、いい勝負だ。もう、つんでいたではないか。

と、源九郎は胸の内で思ったが、苦笑いを浮かべただけで立ち上がった。

源九郎たちが戸口を出て、井戸端のところまで行くと、島田藤四郎《しまだとうしろう》と新妻の萩《はぎ》江《え》がいた。島田が手桶を提げていた。ふたりは、連れ立って水汲みに来たらしい。

島田と萩江が長屋で所帯を持って、まだ一月《ひとつき》ほどしか経っていなかった。島田は御家人の冷や飯食いで、前から伝兵衛店に住んでいたが、萩江は大身の旗本の秋月房之助《あきづきふさのすけ》の娘だった。秋月家の相続争いに巻き込まれた萩江は、幼馴染みで心を通じ合っていた島田の許に逃げてきたのである。

その後、源九郎たちの協力もあって秋月家の相続争いは収まり、心を寄せ合っていた萩江と島田は、当主の秋月の許しを得て長屋で所帯を持ったのである。

「おふたりで、水汲みですかい」

茂次が冷やかすように声をかけた。

「いや、おれは、そこまで……」

島田が顔を赤らめて言った。

島田は二十二、三歳。面長で端整な顔立ちをしていた。一月ほど前までは、島田は独り暮らしだったせいか、だらしない格好をしていた。月代《さかやき》や無精髭が伸び、小袖も袴もよれよれだった。ところが、萩江といっしょになってから、暮らしぶりが一変した。髭も月代も毎日剃るようになり、身装《みなり》もきちんとしてきた。どこから見ても、溌剌《はつらつ》とした若侍である。

島田は、やさしげな面立ちに反して、剣の遣い手であった。神道無念流《しんとうむねんりゅう》をよく遣ったのである。

その島田の後ろで、萩江が色白の頬を紅葉《もみじ》のように染めて俯いていた。

「それで、華町どののたちはどこへ?」

島田が訊いた。

「今川町までな。また、黒鬼党が商家に押し入ったようだ」

源九郎が言うと、

「奉公人がふたり、バッサリ殺られたんでさァ」

と、茂次が言い添えた。

「それは、大事件だ。萩江、それがしも華町どののたちと出かけたいのだがな」

島田が、萩江の顔を上目遣いに見た。

「どうぞ、行ってらっしゃいまし」

萩江は島田に身を寄せ、水はひとりで汲めます、と小声で言い添えた。

「では、行ってくる」

島田は手桶を萩江に渡すと、源九郎たちの後ろについた。

源九郎たち四人は、路地木戸から通りへ出た。竪川《たてかわ》沿いの通りを大川の方へ歩きながら、

「島田の旦那、あれじゃァ先が思いやられますぜ」

茂次が顔をしかめて言った。

「なんのことだ」

「いまから、奥方の顔色をうかがってちゃァ、そのうち尻に敷かれて、奥方の許しなしには外へも出られなくなりまさァ」

茂次がもっともらしい顔をして言った。そういう茂次も、お梅《うめ》という女房に尻に敷かれている節があるのだ。

「い、いや、萩江にかぎって、そのようなことはない」

島田が、また顔を赤くして言った。

三

源九郎たちは竪川にかかる一ッ目橋を渡ると、大川端を川下にむかった。大川端をたどり、仙台堀にかかる上《かみ》ノ橋を渡った先を右手に折れると今川町である。

今川町に入り、仙台堀沿いの道をしばらく歩くと、

「旦那、あれが、戸田屋でさァ」

と言って、茂次が前方を指差した。

堀沿いに、土蔵造りの二階建ての店があった。脇には、材木をしまう倉庫が二棟並んでいる。材木問屋の大店らしい店舗である。

戸田屋の店先に、人垣ができていた。ぼてふり、船頭、職人ふうの男などが目に付く。すこし離れた路傍には女子供の姿もあった。通りすがりの者と近所の住人たちらしい。そうした野次馬たちに混じって、岡っ引きや下っ引きたちの姿もあった。事件を聞いて駆け付けたのだろう。

源九郎たちは、人垣の後ろに身を寄せたが、何も見えなかった。店の大戸はしめてあったが、脇の二枚だけがあいていて、そこから店に出入りしているらしい。

「ここでは、何も見えんな」

源九郎が、人垣の肩越しに店内に目をやりながら言った。

「旦那、あそこに栄造《えいぞう》親分がいやすぜ」

茂次が、あいている戸口を指差しながら言った。

店の戸口に、顔の浅黒い剽悍《ひょうかん》そうな男がいた。浅草諏訪町《すわちょう》に住む岡っ引きの栄造である。

源九郎たちは、栄造と昵懇《じっこん》にしていた。これまで、町方の手を借りるような事件にかかわったおり、栄造に手を借りたり、源九郎たちが栄造に情報を提供したり、お互いが協力し合って事件の解決にあたってきたのである。

「栄造に様子を訊いてみよう」

源九郎たちは人垣を分けて、栄造に近付いた。

栄造は源九郎たちに気付くと、

「華町の旦那、何か用ですかい」

と、訊いた。栄造の脇で、下っ引きの茂太《しげた》がけわしい顔をして立っている。

「いや、近くを通りかかったので、覗いてみただけだ。それで、賊はどこから入ったのかな」

源九郎が訊いた。

これまで、黒鬼党は掛矢《かけや》（大形の槌《つち》）を使って、大戸の脇のくぐり戸を打ち破り、そこから侵入すると聞いていた。一味のなかに、巨漢の武士がひとりいて、その男が掛矢をふるうらしい。

「これまでと同じでさァ。脇のくぐり戸がぶち割られておりやす」

栄造が小声で言った。

「ところで、八丁堀から、だれが来ているのだ」

源九郎は、これだけの事件なら八丁堀の同心が臨場しているはずだと思った。

「村上《むらかみ》の旦那ですぜ」

「村上どのか」

村上彦四郎《ひこしろう》は、南町奉行所の定廻り同心だった。

源九郎は村上を知っていた。栄造と同じようにこれまでの事件を通して、何度か顔を合わせていたのである。

「せっかく来たのだ。遠くからでいいが、死骸《ほとけ》の顔を拝ませてくれんかな」

源九郎は、村上なら店のなかに入れてくれるのではないかと踏んだのである。

「ちょいと、待ってくだせえ。村上の旦那に訊いてきやすから」

そう言い残し、栄造は店のなかに入った。

待つまでもなく、栄造はすぐにもどってきた。

「探索の邪魔にならねえようにしてくれれば、いいそうですぜ」

栄造が小声で言った。

「すまんな」

源九郎たちは敷居をまたいで、店のなかに入った。薄暗い店のなかに二十人ほどの男たちがいた。いずれも、けわしい顔をしている。

ひろい土間には、十人ほどの岡っ引きや下っ引きたちが集まっていた。土間の先の板敷きの間にも、岡っ引きや店の奉公人が立っている。そこが帳場になっているらしい。

帳場のなかほどに、村上の姿があった。顔は見えなかったが、八丁堀同心であることは後ろ姿でも分かる。小袖を着流し、羽織の裾を帯に挟む巻羽織と呼ばれる八丁堀同心独特の格好をしていたからである。

ふたりの死体は、帳場に立っている村上の足元に横たわっていた。床に寝間着姿の男が倒れ、床板がどす黒い血に染まっている。

「前をあけてくれ」

菅井が土間に集まっている岡っ引きたちに言った。

すると、岡っ引きたちが左右に割れた。男たちの顔に怪訝《けげん》な色があったが、何も言わなかった。源九郎、菅井、島田の三人が、武士だったからである。

村上は岡っ引きたちがざわついたのを感じたらしく、振り返って源九郎たちに目をむけた。

「邪魔しねえように、土間から見てくれ」

村上が仏頂面をして言った。

「分かった」

源九郎はそう言って、ちいさく頭を下げた。ここは、村上の機嫌を損ねてはいけないと思ったのである。

　上がり框近くに歩を寄せると、倒れている男の姿がはっきりと見えてきた。ひとりは、上がり框から、三間ほど離れた板敷きの帳場に、仰向けに倒れていた。首筋と胸の辺りが、どす黒い血に染まっていた。首を斬られたらしい。傷口から白い頸骨《けいこつ》が覗いていた。

　もうひとりは、帳場格子の脇に俯せに倒れていた。こちらは、肩口から背にかけて、寝間着が裂け、背から腰にかけてどっぷりと血を吸っていた。後ろから袈裟に斬られたらしい。

　このとき、菅井は源九郎の後ろで見ていたが、

「よく、見せてくれ」

　と言って、上がり框近くに仰臥《ぎょうが》している男に近付いた。首筋を斬られている男の傷口が気になったのである。

　男は首筋から顎にかけて、深く斬られていた。一太刀で仕留められたらしい。下手人は遣い手のようだ。

　……居合か！

　と、菅井は思った。

刀傷は、逆袈裟に斬り上げられたものだった。居合の抜きつけの一刀で、斬り上げた傷ではないか、と菅井はみた。

菅井は居合の見世物で口を糊していたが、居合の腕は本物だった。田宮流《たみやりゆう》居合の達人だったのである。

「菅井、どうした？」

源九郎が訊いた。菅井が、いつになく真剣な目差しで、死体を見つめていたからである。

「いや、なんでもない。……下手人は遣い手のようだな」

菅井はつぶやくような声で言って、後ろへ下がった。下手人が逆袈裟に斬り上げたのはまちがいないが、それだけで居合による刀傷だと断定はできなかったのだ。

「手練《てだれ》のようだな」

源九郎がけわしい顔で言った。源九郎も、傷口を見て下手人が剣の遣い手であることは分かったようである。

源九郎たちはいっとき死体を見ていたが、それ以上のことは分からなかったので、身を引いた。

戸口のところにいた栄造に訊くと、首筋を斬られて殺されていたのが番頭の豊《とよ》造《ぞう》で、背中を斬られたのが手代の利之助《りのすけ》とのことだった。また、押し入った黒鬼党は五人で、奪われた店の金は八百余両だという。

四

陽は西の家並の向こうに沈みかけていたが、両国橋は賑わっていた。様々な身分の老若男女が行き交っている。

菅井は人混みのなかを縫うように歩いていた。両国広小路で居合の見世物をした帰りである。

……今日は、稼げたな。

菅井は薄笑いを浮かべてつぶやいた。

ふところは、ずっしりと重かった。ほとんど鐚銭《びたせん》だったが、なかには一朱銀も混じっていた。今日の居合の見世物で、手にしたものである。

菅井は両国橋を渡り終え、東の橋詰へ出た。そこも、人通りは多かった。仕事帰りの職人、ぼてふり、町娘、供連れの武士、雲水……。日没に急《せ》かされるように足早に通り過ぎていく。

そのとき、菅井は背後から声をかけられた。

「菅井どのではないか」

武士らしい男の声だった。

振り返ると、小柄な武士がひとり立っていた。牢人らしく、着古した小袖と羊《よう》羹《かん》色の袴姿だった。粗末な拵《こしら》えの黒鞘の大小を帯びている。

歳は五十がらみ、丸顔で目の細い男だった。額に横皺がより、陽に灼《や》けた浅黒い肌をしていた。おだやかそうな顔をしている。

「菅井だが、そこもとは？」

どこかで見た顔だったが、すぐに名が浮かばなかった。

「おれだ、江原新八郎《えはらしんぱちろう》だよ」

武士が破顔して言った。

「江原か！」

菅井は思い出した。田宮流居合の道場で同門だった男である。

菅井は本所荒井町《あらいちょう》の長屋に住む牢人の子に生まれたが、父親が近所にあった田宮流居合の道場に通わせてくれたのだ。父親は、菅井を武士の子として身を立てさせてやりたいと思ったのかもしれない。

道場主は荒巻彦十郎《あらまきひこじゅうろう》。老齢だが、田宮流居合の達人だった。菅井は十二歳のときから、荒巻道場に通った。そのとき、同門でほぼ同じころ入門したのが、江原だった。菅井は江原と競い合って、居合の稽古に励んだのである。

どういうわけか、菅井は江原と気が合った。遅くまで稽古をした後の帰り道で、なけなしの銭を出し合って、夜泣きそばをすすったこともある。

ところが、菅井が二十歳のころ、父親は病《やまい》のために亡くなってしまった。やむなく、菅井は力仕事の日傭取りなどをしながら何とか道場に通ったが、手跡指南所をひらいていた牢人の娘、おふさと知り合い、所帯を持ってから道場をやめてしまった。

その後、菅井はおふさと暮らしていくために大道で居合を観せるようになり、道場に通うことができなくなってしまった。

それ以後、江原とは縁が切れてしまった。通りで出会ったことはあったが、挨拶をする程度で、居合のことや身上にかかわるような話はしなかった。菅井はあまり気にしていなかったが、江原は暮らしのために道場をやめた菅井に気を使ったのかもしれない。

菅井が所帯を持った数年後、おふさは重い病をわずらって他界してしまった。

その後、菅井ははぐれ長屋で独り暮らしをつづけていたのである。

「いやァ、久し振りだ。菅井、息災そうではないか」

江原が懐かしそうに言った。細い目が、糸のように細くなっている。

そういえば、もう十数年も会っていない。

「江原、おまえも、元気そうだな」

菅井は、すばやく江原の身装に目をやった。

……暮らしは苦しそうだ。

と、菅井はみてとった。

江原の着古した小袖は、襟が垢で黒ずんでいた。袴はよれよれである。かすかに汗の匂いもした。どうみても、尾羽《おは》打ち枯らした貧乏牢人そのものである。

「菅井、どこに住んでおる」

江原が訊いた。

「この先の長屋だ」

菅井の口から、伝兵衛店の名が出かかったが思いとどまった。江原を長屋に連れていく気はなかった。別に長屋暮らしを隠すつもりはなかったが、連れていっても茶も出せないのだ。

「どうだ、そこらで一杯やらんか」

菅井が言った。ふところには、今日の見世物で稼いだ銭があった。ふたりで飲むくらいの金はある。

「いいな」

江原はすぐに同意した。

菅井は両国橋の東の橋詰の賑やかな広小路を抜け、元町《もとまち》の通りに入ってすぐの篠田屋《しのだや》というそば屋の暖簾《のれん》をくぐった。

店の小女《こおんな》に座敷を頼むと、追い込みの座敷の奥にあった小座敷に案内した。菅井は小女に、酒と肴《さかな》を頼んだ。肴はてんぷらと酢の物である。そばは、飲んでからにしようと思ったのだ。

小女が運んできた酒で喉を潤してから、

「ところで、江原はどこに住んでいるのだ」

と、菅井が訊いた。この歳になると、己の身上を隠す気もなくなっている。それに、菅井は江原も自分と同じような暮らしぶりとみたのだ。

菅井が荒巻道場に通っていたころ、江原の家は五十石取りの御家人だった。江原は次男の冷や飯食いだったが、本所石原町《いしはらちょう》にある実家から道場に通っていた。

菅井は一度だけ、江原家を訪れたことがあったのだ。

菅井が道場をやめた後、江原は千佳《ちか》という御家人の娘と所帯を持ち、家を出たと聞いていたが、どこに住み、何で口を糊していたかは知らなかった。

「竹町《たけちょう》で、長屋住まいだよ」

江原は照れたような顔をして言った。

竹町は北本所の大川端の町で、浅草からの渡し場があることで知られていた。

江原によると、江原家を出た後、竹町の長屋に所帯を持ち、家からの合力と日傭取りなどをして暮らしているという。

菅井が思ったとおり、江原は自分と同じような道を歩んできたようだ。

「ところで、菅井、おまえも苦労してるようだな」

江原が、猪口《ちょく》を手にしたまま急に声をひそめて言った。顔に憂慮の翳《かげ》が浮いている。

「何のことだ」

「広小路で、芸人のようなことをやっているではないか」

江原が、通りすがりに何度か見せてもらったよ、と言って、気の毒そうな顔をした。

「ああ、そのことか」

菅井は大道芸で口を糊していることを恥とは思っていなかったが、むかしを知っている連中はみな哀れむような目をむけるのだ。武士でありながら、大道芸人にまで身を堕《お》としてしまった気の毒な境遇と思うらしい。

「よほどつらいことがあったのだろうな」

江原は眉宇《びう》を寄せて涙ぐむような顔をした。

「よしてくれ、おれは、好き勝手に生きているだけだ」

菅井は、同情や哀れみなどいらぬ、と思った。ただ、江原に対してそれほど腹はたたなかった。江原が、心底から菅井のことを心配して言っていることが分かったからである。

「菅井、おぬしに、いい話があるのだがな」

江原が身を乗り出すようにして言った。

「いい話とは？」

「柳川松左衛門《やながわまつざえもん》どのを知っているな」

「むろん知っている」

柳川は、荒巻道場で師範代だった男である。田宮流居合の達人だった。菅井も門人だったころ、柳川の指南を受けたことがある。

菅井が道場をやめてから七、八年して、道場主の荒巻は病死したと聞いていた。その後、柳川が道場を継いだはずである。

「荒巻道場は、四年ほど前につぶれてな。……柳川どのは、新たに道場をひらこうと奔走されていたようなのだ」

江原によると、柳川の稽古法が荒かったことにくわえ、居合の人気が落ちて荒巻道場の門人が激減し、道場経営が立ち行かなくなったそうである。

「うむ……」

菅井も、ちかごろ武芸を身につけようとする者の多くが、居合から離れていることは知っていた。

「ちかごろは、竹刀で打ち合う稽古が盛んだからな」

江原が渋い顔をして言った。

「そのようだ」

千葉周作《ちばしゆうさく》の玄武館《げんぶかん》、斎藤弥九郎《さいとうやくろう》の練兵館《れんぺいかん》、桃井春蔵の士学館《しがくかん》などが、竹刀を打ち合う試合形式の稽古を取り入れ、多くの門人を集めて隆盛していた。そうした影響で、居合道場の門人はすくなくなっていたのだ。

「ところが、先日、柳川どのから道場をひらきたいので手を貸してほしい、との話があったのだ」

江原が声をあらためて言った。

「居合の道場をひらくのか」

無理だろう、と菅井は思った。

「それが、居合だけではないようだ。剣術はむろんのこと、槍術、薙刀《なぎなた》、馬術なども指南する武芸全般の道場を建てたいらしい。……それも、玄武館と練兵館をいっしょにしたほどの大道場だというぞ」

江原が目をかがやかせて言った。

「大道場とな」

眉唾物《まゆつばもの》だ、と菅井は思った。荒巻道場がつぶれた後、柳川が何をしているか知らないが、大道場を建てる資金がないだろう。

「むろん、柳川どのひとりではない。すでに、剣術からふたり、槍術からひとり、遣い手が名乗りを上げたそうだ。それに、このことが大事だが、公儀が後ろ盾になるそうだよ。つまり、ただの道場ではなく、幕府の武芸指南所と考えればいい。柳川どのたちは道場主というより、師範役だな」

言い終えると、江原は手にした猪口の酒を、ぐびりと飲んだ。気が昂《たかぶ》っているのか顔が紅潮している。

「幕府の武芸指南所だと」

菅井は驚いたような顔をして聞き返した。

「そうだ。さる旗本が、話を進めているそうだ」

「さる旗本とは？」

「名は聞かなかったな」

「うむ……」

にわかに信じられない話である。

「その旗本は、幕閣とつながりがあるそうだ」

「それで、柳川どのから、おぬしにも指南所の師範役の話があったのか」

幕府の武芸指南所の師範役に取り立てられるとなれば、幕府に出仕したのと同じである。当然、相応の俸禄が与えられるだろう。

「まァ、そうだ」

「うむ……」

それが実現すれば、身につけた居合が生かされ、幕臣として牢人暮らしから抜け出せるだろう。

「菅井、おぬしもどうだ。柳川どのに話してもいいぞ」

江原が熱っぽい目で菅井を見つめて言った。

「おれが、武芸指南所の師範役か」

「おぬしの腕なら、務まるはずだ」

「うむ……」

菅井は迷った。いい話だが、すぐには信じられなかった。それに、自分には公儀の指南所の師範役など務まらないという気がしたのだ。

「何を迷っている。こんないい話は、二度とないぞ」

「おれにも、事情があってな」

菅井は、やめておこうと思った。気楽なはぐれ長屋の暮らしが捨てきれなかったのである。

「乗り気でないなら、仕方がないな。……そのうち気が変わったら、おれを訪ねてくれ」

江原は、川沿いにある長兵衛《ちょうべ》店《えだな》に住んでおる、と言い添えた。

それから、菅井と江原は一刻（二時間）ちかくも飲み、そばで腹ごしらえをしてから、篠田屋を出た。

店の外は淡い暮色に染まっていた。

「菅井、長屋暮らしから抜けるのは、いまだぞ」

江原はそう言い置いて、両国橋の方へ歩きだした。

五

「島田、次はおまえが相手だぞ」

菅井が目をつり上げて言った。顔が怒りと屈辱で、赭黒く染まっている。

源九郎の部屋に、菅井と島田が来ていた。

今日は朝から曇天で、いまにも降り出しそうな雲行きだった。そこで、菅井は、今日は商売にならない、と勝手に決め込み、朝から将棋盤を抱えて源九郎の部屋にやってきたのだ。

菅井が源九郎を相手に将棋を指していると、部屋で暇を持て余していた島田があらわれ、ふたりの将棋を観戦し始めたのである。

菅井は源九郎につづけて二局負け、三局目も形勢は不利だった。それで、頭に血が上っていたのだ。

「いいですよ」

島田は涼しい顔をして言った。

「うむむ……」

菅井は唸り声を上げ、将棋盤を睨んでいる。

「菅井、あきらめたらどうだ」

源九郎が欠伸を嚙み殺して言った。どうみても、菅井に勝ち目はなかった。後、五、六手でつむだろう。

「おれは、あきらめん。起死回生の妙手がある」

これだ！　と声を上げ、菅井は源九郎の王の前に金を打った。

「なんだ、この手は？」

「王手だ」

「王手は分かっているが、取ればいいのではないか」

源九郎は、角を動かして菅井の金を取った。

「うむ、その手があったか」

「その手も何も、子供でも考えつくではないか。菅井、悪足《わるあ》搔《が》きはよせ」

源九郎が苦笑いを浮かべて言った。

「菅井どの、あと、五手ですよ」

島田が笑みを浮かべて言った。島田も将棋は好きで、なかなかの腕である。

「うむ……」

菅井が顔をゆがめて考え込んだとき、戸口に近付く足音がして腰高障子があいた。

顔を出したのは、孫六《まごろく》だった。孫六も、はぐれ長屋の住人である。還暦を過ぎた年寄りだが、長屋住まいを始める前までは、番場町《ばんばちょう》の親分と呼ばれた腕利きの岡っ引きだった。十年ほども前に、中風をわずらい、すこし足が不自由になったのを機に引退し、長屋に住む娘夫婦の世話になっているのだ。孫六も隠居の身で、やることもなく暇を持て余して源九郎の部屋によく顔を出す。

「旦那方、将棋はそれまでですぜ」

めずらしく孫六が、真面目な顔をして言った。

「どうした、孫六？」

源九郎が訊いた。

「岡っ引きが、斬り殺されやした」

「なに、岡っ引きが斬られたと」

菅井が顔を上げて訊いた。

「へい、首を一太刀に」

孫六の目がひかっている。ふだんの好々爺《こうこうや》のような顔ではない。腕利きの岡っ引きを思わせる顔である。

「殺られたのは、栄造ではあるまいな」

源九郎が訊いた。

「政次《まさじ》ってえ、浅草を縄張《しま》にしている男でさァ」

「場所はどこだ」

菅井が、いきなり将棋盤の駒を掻き混ぜた。将棋は負けとみて、話のどさくさにまぎれて終りにしようと思ったのである。それに、菅井には気になることがあった。孫六によると、政次は首を一太刀に斬られていたという。

……戸田屋の番頭を斬った下手人と同じではないか。

と、菅井は思った。下手人は居合を遣ったとも考えられるのだ。

「横網町《よこあみちょう》の大川端でさァ」

「近いな」

菅井は立ち上がった。行く気になっている。

本所横網町は、両国橋のたもとを川上にむかえばすぐである。

「菅井、将棋はどうした」

源九郎が苦笑いを浮かべて訊いた。

「近くで、岡っ引きが斬り殺されたとあっては、のんびり将棋を指しているわけにはいくまい。華町、島田、勝負はあずけた」

菅井が刀をつかんで、上がり框から土間へ下りた。

「勝手なやつだ」

やむなく、源九郎も土間へ下りた。

「わたしも行きますよ」

島田も、源九郎につづいた。

孫六に先導され、菅井、源九郎、島田の三人が、はぐれ長屋を後にした。

源九郎たち四人は、回向院《えこういん》の脇を通って大川端に出た。横網町はすぐである。

いっとき歩くと、大川端に人だかりがしているのが見えた。通りすがりの野次馬らしいが、岡っ引きや下っ引きらしい男の姿もあった。

源九郎たちが人垣の後ろまで来ると、

「栄造がいやすぜ」

孫六が人垣のなかほどを指差して言った。

栄造が、土手のなだらかな叢《くさむら》のなかに立っていた。そばに、何人かの岡っ引きの姿もあった。まだ、八丁堀同心の姿はなかった。これから駆け付けるにちがいない。

「死骸《おろく》は、栄造の足元ですぜ」

孫六が小声で言った。

見ると、栄造の足元の叢のなかに町人体の男が仰向けに倒れていた。殺された政次という岡っ引きらしい。

「旦那、覗いてみやしょう」

孫六は、栄造に近付いた。

源九郎たち三人も、孫六の後ろに跟《つ》いていった。

「番場町のとっつァんか。それに、華町の旦那」

栄造が、源九郎たちを見て声をかけた。

孫六は岡っ引きだったころから、栄造のことを知っていた。それに、本所は孫六のむかしの縄張だったのだ。

「諏訪町の、ちょいと、死骸を拝ませてくんな」

「八丁堀の旦那はまだだが、見るだけならかまわねえぜ」
栄造が苦笑いを浮かべて言った。すでに、孫六や源九郎たちは、横たわってい
る死体のそばに来ていたのである。
死体を覗いた菅井は、
……やはり居合だ！
と、察知した。
政次は首筋を斬られていた。ただ、戸田屋の豊造の太刀筋とは、すこしちがっ
ていた。右の肩先から首へと斜に斬り上げられ、顎に傷はなかった。逆袈裟に斬
り上げた太刀筋が、豊造の場合より低いのである。
居合の抜きつけの一刀にちがいない、と菅井は思ったが、豊造を斬った下手人
とはちがうような気がした。いずれにしろ、手練である。
「下手人は遣い手のようだな」
源九郎が言った。おそらく、源九郎も戸田屋の豊造とつなげてみただろうが、
それらしいことは口にしなかった。微妙な太刀筋のちがいを読みとったからであ
ろう。老いてはいたが、源九郎は鏡新明智流の遣い手である。
「栄造、下手人の目星はついてるのかい」

孫六が、他の岡っ引きたちに聞こえないように小声で訊いた。

「いや、まだだ」

「政次は、黒鬼党を探っていたのかい」

「まァ、そうだ」

「てえことは、黒鬼党に消されたのかもしれねえなァ」

孫六が独り言のようにつぶやくと、

「とっつァん、そこにいる背の高え男《たけ》がいるだろう」

栄造が人垣からすこし離れて立っている背の高い男を指差して言った。

男は黒の印半纏《しるしばんてん》を羽織っていた。船頭であろうか。陽に灼けた浅黒い顔をしていた四十がらみの男である。

「与助《よすけ》ってえ船頭だが、政次が殺られたときに通りかかって、様子を見てるようだぜ」

栄造が、小声で教えてくれた。

六

「与助かい」

孫六が船頭ふうの男に近付いて訊いた。源九郎たち三人は、孫六からすこし離れて後ろに立っていた。ここは、孫六にまかせようと思ったのである。

「へい」

男が訝《いぶか》しそうな顔をして、

「親分さんですかい」

と、訊いた。年寄りの孫六が、岡っ引きのような物言いをしたからである。

「まァ、そうだ」

孫六は、否定しなかった。岡っ引きと思わせておいた方が、訊きやすいからだ。

「おめえ、政次が殺られるのを見たそうだな」

「へい、ちょうど通りかかりやして……。でも、暗がりで、はっきりしねえんでさァ」

与助は自信なさそうな顔をした。

「下手人は、ひとりかい」

「三人いやしたが、斬ったのはひとりで」

「三人とも、侍か」

「へい。……三人とも、刀を差していやした」

与助によると、昨夜五ツ（午後八時）ごろ、ここを通りかかったという。川上にあたる竹町の飲み屋で飲んだ帰りだった。風のない静かな月夜で、提灯《ちょうちん》はなくとも歩けた。大川端の通りに人影はなく、一町ほど前を歩く町人体の男が目についただけである。

前を行く町人体の男がこの近くまで来たとき、突然、川岸の柳の陰から黒い人影が男の前に走り出た。

「だれでえ、てめえは！」

町人体の男の怒鳴り声が聞こえた瞬間、夜陰のなかに、刀身が、キラッ、とひかった。月光を反射《はね》たのである。

次の瞬間、ギャッ！　という絶叫がひびき、町人体の男が身をのけ反らせた。男はよろめきながら夜陰のなかに沈むように倒れた。

すると、樹陰から、武士と思われる二刀を帯びた男がふたり出てきて、刀をふるった男と何やら言葉を交わしていたが、三人の武士はすぐに大川の方へ歩きだした。

「あ、あっしが、見たのはそれだけでさァ」

与助が声を震わせて言った。昨夜の光景を思い出したのであろう。

孫六と与助の話を聞いていた菅井が、

「おい、政次を斬った男だが、こんなではなかったか」

そう言い残し、岸沿いの柳の陰にまわり込んだ。

そして、左手で鍔元《つばもと》を握り、右手を刀の柄《つか》に添えると、

「見てろ！」

と、一声を上げた。

菅井は腰を居合腰に沈め、スルスルと柳の陰から通りのなかほどに出ると、いきなり抜きつけた。

シャッ、という刀身の鞘走る音がし、閃光《せんこう》が逆袈裟にはしった。居合の神速の一刀である。

「そ、そっくりだ！」

与助が目を剝き、

「ま、まさか、昨夜の侍は、旦那じゃァ」

と、体を顫《ふる》わせて言った。

孫六と島田が、驚いたような顔をして菅井を見ている。ただ、源九郎だけは口元に微笑を浮かべただけで、表情を変えなかった。

「政次を斬った男は、おれのような髪をしていたのか」

菅井が納刀しながら訊いた。

「い、いえ、髷を結ってやした」

与助が、慌てた様子で首を横に振った。

「それなら、おれではあるまい」

「だ、旦那じゃァねえや」

与助がうなずいた。

「政次を斬った男だが、年格好は分かるか」

脇から、源九郎が訊いた。

「暗くて分からねえが、若くはなかったな。旦那ほどの年寄りでもねえが……」

与助が、傍らに立っている源九郎に目をむけて言った。

「おれと同じくらいか」

菅井が訊いた。

「そうかもしれねえ」

「御家人ふうか？」

「牢人のように見えやしたが、はっきりしやせん」

「何か見た物はないか。提灯とか笠とか、刀の鞘とか」

さらに、菅井が訊いた。

「そういやァ、鞘が見えやした。大小を差していやした」

「鞘は赤か黒か」

「大小とも黒かったな」

「黒鞘の大小を帯びた五十がらみの牢人体の武士か……」

そのとき、菅井の脳裏に江原のことがよぎった。

……まさか、江原では！

下手人の年格好や扮装が、両国橋の東の橋詰で出会った江原と一致するではないか。

だが、菅井は頭に浮かんだ疑念をすぐに打ち消した。江原のおだやかそうな顔を思い浮かべ、江原が黒鬼党のような非道な悪事に荷担しているとは思えなかったのである。それに、江原はひどく粗末な身装をしていた。黒鬼党なら、すでに大金を手にしているはずで、あのような落ちぶれた姿はしてないはずである。

菅井がむずかしい顔をして黙考していると、

「どうした、何か気付いたのか」

源九郎が怪訝な顔をして訊いた。

「い、いや、何でもない」

菅井は、胸にわいた疑念をふっ切るように首を横に振った。

七

「千佳、どうだな、具合は」

江原は、湯飲みと薬袋を手にして千佳の枕元に腰を折った。

千佳は、三年ほど前から病で臥《ふ》していた。当初は腹に鈍痛があるだけだったが、しだいに痛みが強くなり、食べた物を吐くようになった。それに、腹を強く押さえると、鳩尾《みぞおち》の下あたりに腫瘤《しゆりゆう》がある。

町医者の玄泉《げんせん》は癪《しやく》だと言って、飲み薬を置いていったが、いっこうに効かず、千佳の病状は悪化するばかりだった。ここ半年ほど食事もすすまなくなり、骨と皮ばかりに痩せおとろえ、寝たきりの状態がつづくようになった。いまは、ひとりで起きて厠《かわや》に行けるが、そのうちひとりでは厠にも行けなくなるかもしれない。

江原は、ただの癪ではないような気がしていた。千佳にとり憑《つ》いた死病のように思われたのだ。

千佳は夜具の上に身を起こすと、

「今日は、いいようです」

口元に微笑を浮かべて言ったが、すぐに苦痛に顔をゆがめた。腹部が痛むらしい。

「千佳、養永堂《ようえいどう》でな、これを、買って来たのだ」

そう言って、薬袋を見せた。

表に、「癪、疝気《せんけ》の妙薬、唐養丹《とうようたん》」の文字が記されていた。近年、日本橋にある売薬店の養永堂で売り出した薬である。人参《にんじん》を配合した漢方薬で、唐養丹を飲めば腹痛をともなうどんな病も治ると評判だった。

本来、人参は労咳《ろうがい》の特効薬だったが、腹部の病、食欲不振、滋養強壮などにも効くとされていた。養永堂は、人参に他の漢方薬を配合し、癪や疝気の妙薬として売り出したのである。

ただ、人参が入っているため高価だった。朝晩一日二包飲むとよいとされていたが、一包一分もした。五日分、十包入りの薬袋が二両二分である。この時代、人参はきわめて高価だった。親指ほどの人参で一両はした。親に人参を飲ませるために、娘が苦界《くがい》に身を沈めたというような話も、めずらしいことではなかった。

「おまえさま、そのような高価な薬をわたしのために……」

千佳が涙ぐんで言った。

「なに、金のことは心配するな。……きっと効くぞ」

そう言うと、江原は薬袋のなかから一包を取り出し、粉薬を湯飲みの湯に溶かした。そして、千佳の手に湯飲みを持たせてやり、

「さァ、飲め」

と言って、背中を押さえてやった。

「は、はい」

千佳は、両手で湯飲みを持ち、喉を鳴らして飲んだ。

何度かに分けて飲み終えると、

「おまえさま、おなかが暖まるような気がします」

と、口元に微笑を浮かべて言った。

「そうか。この薬は、効くかもしれんな」

江原は千佳の背中を手で支えてやって寝かせると、

「冷えるといかんからな」

と言って、体に掻巻をかけてやった。

「……この薬、高かったんでしょう」

千佳が、江原を見つめながら心配そうな顔で訊いた。千佳は、牢人暮らしの江原にとって二両二分の金がいかに大金であるか、よく分かっていた。

「千佳、これを見ろ」

江原が粗末な財布をふところから取り出した。

財布には小判と一分銀とで、都合七両入っていた。

「どうしたのです、そのお金」

千佳が驚いたような顔をして訊いた。

「支度金だよ」

「何の支度金ですか」

「千佳、前に話したことがあるな。武芸指南所の師範役の話」

江原は、荒巻道場の師範代だった柳川から幕府の武芸指南所の師範役を勧められていることを千住に話してあった。そのとき、千住は半信半疑だったが、この金を見れば信ずるはずである。

「は、はい……」

「柳川どのが、支度金として十両渡してくれたのだよ。これは、その金だ」

江原は財布をふところにしまいながら声を低くして言った。

ただの支度金ではなかった。一昨日の夜、江原は柳川と千島半十郎《ちしまはんじゅうろう》という一刀流《いっとうりゅう》の遣い手と会い、

「おぬしの腕をこの男に見せてくれ。……師範役に相応《ふさわ》しい腕かどうか、見たいというのだ」

と、柳川に言われた。柳川によると、千島は武芸指南所設立の話を進めている旗本の家臣だという。

「腕を見せろと言われるが、何をすればいいのだ」

江原が訊いた。

「政次という岡っ引きがいる。この男、町方の手先であることをいいことに、商家を脅して金を巻き上げたり、娘を騙《だま》して岡場所に売り飛ばしたり悪行を重ねているのだ。……この男を、天にかわって成敗してくれ」

千島が顔をしかめて言った。

「政次という男を斬れ、と言われるのか」

江原は驚いた。同時に、疑念を抱いた。町人を斬っても、居合の腕を見せることにはならないではないか。それに、いかに悪党であれ、いきなり斬り殺せというのもおかしな話である。

江原が逡巡《しゅんじゅん》していると、柳川が、

「いま、巷《ちまた》では盛んだが、われらは、ただ竹刀を振りまわす児戯のような剣を指南するつもりはない。人の斬れる剣を指南するのだ。……おぬしも、人の斬れる剣を身につけていることを千島どのに見せてもらいたい」

と、声を強くして言った。

「し、しかし……」

江原の疑念は晴れなかった。

すると、柳川はふところから財布を取り出し、

「支度金として十両用意したが、おぬしが断るなら別の者に渡すことになる。この話はなかったことにしてもらうしかないな」

「十両……」

このとき、江原の脳裏に、長屋の薄暗い部屋で臥せっている千佳の死期の迫ったような顔が浮かんだ。このままでは、長いことはないかもしれん、と思ったとき、何とか助けてやりたい、という強い思いが、江原の腹の底から衝《つ》き上げてきた。

「斬ろう」

江原は応えた。

十両の金が、喉から手が出るほど欲しかった。それに、自分が武芸指南所の師範役に取り立てられることを千佳に話して、喜ばせてやりたかったのだ。

「千佳、もう金の心配をすることはないぞ」

江原は優しい声で言った。千佳に、政次という男を斬ったことを話すつもりはなかった。

千佳は笑みを浮かべ、

「よかったこと」

と、つぶやいた。

「これで、心配ないぞ。幕府に出仕したのと同じだからな。旗本なみの扶持《ふち》が得られるはずだ。そうしたら、こんな長屋はひき払って、武芸指南所の近くの屋敷に越さねばならんな」

江原が目をかがやかせて言った。

「おまえさまの苦労が、むくわれたのですね」

千佳が声を震わせて言った。天井にむけられたままの千佳の目から、涙がやつれた頬をつたって流れた。

「馬鹿だな、泣くやつがあるか」

「う、嬉しいんです」

千佳が声をつまらせて言った。

「千佳、そのためにも早く元気にならねばな。唐養丹を飲んで養生すれば、きっとよくなる」

江原が元気づけるように言った。

「……」

千佳は、戸惑うような微笑を浮かべてうなずいただけだった。

部屋のなかが、暗いせいであろうか。千佳の白蠟《はくろう》のような肌に、陰湿な翳が張り付いている。

第二章　黒鬼党

一

「華町の旦那、聞いてやすかい」

茂次が酒の入った湯飲みを手にして言った。

「何の話だ」

源九郎は、茂次に顔をむけた。

はぐれ長屋の源九郎の部屋に、四人の男が集まっていた。源九郎、菅井、孫六、それに茂次である。

暮れ六ツ（午後六時）の鐘が鳴り、源九郎が座敷で夕餉《ゆうげ》の後の茶を飲んでいると、菅井と孫六が貧乏徳利の酒を提げてやってきた。源九郎たち三人は、さっそく座敷に胡座《あぐら》をかいて酒を飲み始めたのだ。

一方、茂次は仕事帰りに源九郎の部屋を覗き、三人で一杯やっているのを目にすると、急いでお梅の待っている家に帰り、小半刻（三十分）ほどして、ふたたび源九郎の家へ顔を見せたのである。

「熊井町《くまいちょう》の近江屋《おうみや》に黒鬼のやつらが、押し入ったことでさァ」

茂次が、菅井と孫六にも視線をまわして言った。

深川熊井町は、大川の河口沿いにひろがる町である。その大川端に、近江屋はあった。船問屋の大店《おおだな》である。

「聞いてるぞ。また、奉公人がふたり殺されたそうではないか」

源九郎は長屋の者たちが話しているのを聞いたし、茂次があらわれる前、菅井や孫六とそのことを話題にしていたのだ。

一昨日の夜、黒鬼党は近江屋のくぐり戸を掛矢《かけや》でたたき割って侵入し、番頭と手代を斬り、千両ちかい金を奪って逃げたという。

黒鬼党が戸田屋に押し入ってから、まだ一月ほどしか経っていなかった。

茂次は手にした湯飲みの酒を、グイと飲んだ後、

「あっしは、仕事で近くを通りかかりやしてね。ちょいと、覗いて見たんでさ

ァ」

と、目をひからせて言った。どうやら、その話がしたくて、夕餉もそこそこにして源九郎の家に顔を出したらしい。

「それで、何か分かったのか」

菅井が訊《き》いた。

菅井の顔が酒気を帯びて赭黒《あかぐろ》く染まっていた。目が細く、顎のしゃくれた顔が、横から行灯《あんどん》のひかりを受けて、半顔に濃い陰影を刻んでいる。

「店のなかに入れてもらえなかったんでね。親分たちが話しているのを脇から聞いただけだが、番頭と手代は逃げようとして斬られたようですぜ」

茂次によると、番頭は首筋を斬られ、手代は後ろから頭を斬り割られていたらしいという。

「首をな……」

菅井が虚空を睨むように見すえてつぶやいた。横からの行灯の灯《ひ》を映じて、片方の目だけが赤くひかっている。何とも不気味な顔である。

菅井の脳裏に、江原のことがよぎったが、すぐに打ち消した。江原にかぎって、町人を斬ったりしないだろう、と己の胸に言い聞かせたのである。

「こうたてつづけに押し込まれては、町方の顔も丸潰れだな」

源九郎が、膝先の湯飲みに手酌で酒をつぎながら言った。

ここ三月《みつき》ほどの間に、黒鬼党は室町の松島屋、佐賀町の利根川屋、今川町の戸田屋、そして熊井町の近江屋に押し入ったのである。

「町方は、黒鬼党の目星がついているのか」

菅井が低い声で訊いた。

「とんでもねえ、目星どころか、まともに探っちゃァいねえようだ」

孫六が渋い顔をして言った。

「どういうことだ？」

菅井が訊いた。

「御用聞きたちは、みんな怖がってるんでさァ。無理もねえ。相手はみんな侍だし、どの店でも奉公人が斬り殺されているんだ。……おまけに、黒鬼党を探っていた政次までが殺《や》られちまった。二の足を踏んで当然でさァ」

「政次殺しもそうだが、押し入った先で無残に斬り殺しているのは、町方を恐れさせるためかもしれんな。孫六の言うとおり、八丁堀も手先も怖がって、まともに探れなくなるだろう」

源九郎が言った。

「旦那、放っておいていいんですかい」

茂次が身を乗り出して言った。

「わしらと、何のかかわりもあるまい。……黒鬼党が、この長屋に押し込んでくるとは思えんしな」

そう言って、源九郎は湯飲みの酒をゆっくりと飲んだ。

「旦那、そんなことは分かってやすよ。長屋に夜盗が押し込んでくるわけがねえ。どの家にも、銭はねえ。……押し込んでも、不憫《ふびん》に思って銭を置いていきやすぜ」

茂次が白けたような顔をした。

「だが、気になるな」

菅井が渋い声で言った。

「何が気になるのだ」

「金だ」

「どうして、金が気になるのだ」

「これまで、黒鬼党が奪った金は莫大だ。ここ三月ほどの間に、三千両を超えているぞ。いまのところ、一味は五人らしいが、ひとり頭、およそ六百両にはなる。……それほどの金をどうしようというのだ」

菅井は、一味が短期間に多額の金を得ようとしていることが気になったのだ。何か、金を必要とする理由があるにちがいない。

「六百両か。おれなら、六両でいい」

茂次が言うと、

「おれは、六分でいいぜ」

と、孫六が口をはさんだ。

「そうだな。いずれも武士のようだが、己の贅沢《ぜいたく》や暮らしのためではないかもしれん」

源九郎は考え込むように視線を虚空にとめ、

「いずれにしろ、お上に何か動きがあるだろう」

と、つぶやいた。

町奉行所の威信にかかわるので、手をこまねいて見ているようなことはないはずである。それに、火付盗賊改が探索を始めることも予想できた。

「どうも、気になる」

菅井が小声で言った。菅井の胸には、江原のことがあったのである。

二

源九郎が、菅井たちと飲んだ翌日だった。三崎屋《みさきや》の番頭の徳蔵《とくぞう》が、大家の伝兵衛とふたりで源九郎の家に姿を見せた。

三崎屋は、深川海辺大工町《うみべだいくちょう》にある材木問屋の大店である。あるじの東五郎《とうごろう》は、伝兵衛長屋の持ち主でもあった。大家の伝兵衛は、長屋の差配を東五郎から依頼されているのである。

源九郎たちと東五郎は、長屋の店子以上の深いつながりがあった。東五郎の倅の房次郎《ふさじろう》がやくざの親分の人質になり、多額の金を脅し取られそうになったことがあった。そのとき、源九郎たちが房次郎を助け出し、事件を解決してやったのだ。爾来《じらい》、東五郎は源九郎たちに一目置くようになり、何か困ったことがあると相談に来るようになったのである。

「華町さまに、お願いがあってまいりました」

徳蔵が、丁寧な物言いで切り出した。

「何かな」

「明日、海辺大工町の店においでいただきたいのですが……。あるじから、華町さまにお願いしたいことがあるそうです」

「かまわんが、何の話であろうな」

源九郎が水をむけた。

「黒鬼党のことでございます」

徳蔵はすぐに答えた。

「黒鬼党が、三崎屋に押し入る気配でもあるのかな」

「いえ、そうではありませんが……。ともかく、くわしい話はあるじから聞いていただきたいのです」

「分かった。菅井も同行していいかな」

どうせなら、菅井にも東五郎の話を聞いてもらおうと思った。

これまで、源九郎は菅井や孫六たちといっしょに事件にかかわってきたのだ。源九郎たちのことを、はぐれ長屋の用心棒と呼ぶ者がいた。源九郎や菅井たちは、無頼牢人やならず者などに脅された商家の用心棒に雇われたり、勾引《かどわか》された御家人の娘を助け出して礼金をもらったりしてきた。いわば、人助けと用心棒をかねたような仕事で金を手にしてきたのである。

「菅井さまもごいっしょしていただければ、あるじも喜ぶでしょう」

徳蔵は、菅井のことも知っていたのだ。

大家の伝兵衛は何も言わず、源九郎と徳蔵のやり取りを聞いていたが、話が一段落したとみて、

「華町さま、お願いしましたよ」

と言い添えて、腰を上げた。

ふたりが帰り、暮れ六ツ（午後六時）ちかくなってから、源九郎は菅井の家に足を運んだ。菅井が、居合の見世物を終えて長屋に帰るのを待ったのである。

菅井は家にもどっていた。襷《たすき》を掛け、着物の裾を尻《しり》っ端《ぱしょ》折りして、土間の隅の竈《へっつい》の前に屈んでいた。火を焚《た》きつけるところだった。めしを炊くつもりらしい。竈から細い白煙が立ち上っている。

「おお、いまから将棋か」

菅井が屈んだまま訊いた。源九郎の顔を見ると、将棋のことを口にすることが多いのだ。

「将棋ではない。話があるのだ」

源九郎は、上がり框《がまち》に腰を下ろした。

「何の話だ」

菅井は火吹竹《ひふきだけ》を手にしたまま言った。

「明日、三崎屋にいっしょに行ってくれんか」

源九郎は、番頭の徳蔵が話していったことを口にした。

「いいだろう」

そう言うと、菅井は火吹竹を竈につっ込んで息を吹き込んだ。

白煙が乱れた後、すぐに薄れ、竈のなかに火の色がひろがった。粗朶《そだ》と薪《まき》に火が点《つ》いたようだ。

「明日、朝めしを食ったら、ここに顔を出す」

そう言って、源九郎が腰を上げた。

「おい、めしを食っていかんか」

「いや、またにする」

これから、めしの炊けるのを待つ気はなかった。それに、菅井は、めしの炊けるまで将棋をやろうと言い出すに決まっていた。そうなると、いつ帰れるか分からなくなるのだ。

翌朝、源九郎と菅井ははぐれ長屋を出ると、竪川にかかる一ツ目橋を渡って大川端の通りを川下にむかった。そして、御舟蔵の脇を通り、小名木川《おなぎがわ》にかかる万年橋を渡るとすぐに左手に折れた。小名木川沿いにいっとき歩くと、海辺大工町である。

三崎屋は小名木川沿いにあった。大店らしい土蔵造りの二階建ての店舗で、店の脇に材木を保管する倉庫が二棟、裏手には白壁の土蔵もあった。

繁盛している店らしく、印半纏《しるしばんてん》を羽織った大工や船頭、木挽《こびき》などが、さかんに出入りしている。

源九郎と菅井が店の前に立つと、船頭たちを指図していた手代らしい男が慌てた様子で近寄ってきて、

「華町さま、菅井さま、お待ちしておりました」

と言って、ふたりを店のなかへ招じ入れた。源九郎たちの来店は、あるじの東五郎から奉公人たちに話してあったようだ。

店に入ると、帳場にいた徳蔵がすぐに立ち上がり、

「お上がりになってくださいまし。あるじも、お待ちしております」

と、笑みを浮かべて言った。

徳蔵は、源九郎たちを帳場のつづきにある座敷に連れていった。そこは、以前

源九郎が東五郎と話した客間である。山水画のかかった床の間があり、座布団も用意してあった。

その床の間の脇で、東五郎が待っていた。恰幅《かっぷく》のいい五十がらみの男で、細縞の小袖に唐桟《とうざん》の羽織、渋い路考茶《ろこうちゃ》の角帯をしめていた。いかにも、大店のあるじといった身装《みなり》である。

「よう、おいでくださいました。さァ、どうぞ、どうぞ」

東五郎は愛想よく、源九郎と菅井を床の間の前に置いてあった座布団に座らせた。物言いが、丁寧だった。源九郎と菅井は店子だが、武士だし、これまで三崎屋が巻き込まれた難事を解決してくれたからであろう。

源九郎たちが腰を落ち着けていっときすると、障子があいて、女中が茶菓を運んできた。手際がいい。源九郎たちが、いつ来てもいいように支度してあったようだ。

源九郎は茶で喉を潤してから、

「黒鬼党のことで、何か話があるとか」

と、声をあらためて切り出した。

「はい、華町さまたちに、お願いがございましてな」

東五郎が顔の笑みを消して言った。

「何かな」

「華町さまたちは、黒鬼党が、松島屋、利根川屋、戸田屋、近江屋とあいついで押し入ったのをご存じでございましょう」

「知っているが」

「三店とも、深川に店をかまえております」

「言われてみれば、そうだな」

松島屋は日本橋室町だったが、利根川屋は佐賀町、戸田屋は今川町、近江屋は熊井町だった。三店とも深川である。

「ここまでつづきますと、次はうちではないかと心配になりましてね。奉公人や取引先のなかにも、怖がって仕事が手につかない者がおるのです。このままでは、商いにも支障がでますので、華町さまたちにご相談してみようと思ったわけです」

東五郎が、憂慮の翳《かげ》を浮かべて言った。

「しかし、わしたちは町方ではないからな」

黒鬼党を探索したり、捕縛するのはむずかしい。

「承知しております。……どうでしょう。しばらくの間、華町さまたちに、お泊まりいただくわけにはまいりませんか」

東五郎が源九郎と菅井に目をむけて言った。

「わしたちが、この店に泊まるのか」

「さようでございます」

「黒鬼党に、そなえるわけだな」

源九郎は、東五郎の考えが読めた。

黒鬼党が押し入ってきたら、店に寝泊まりしている源九郎たちにまかせようというのだ。店の用心棒である。めずらしいことではなかった。これまでも、こうしたことはあった。商家の店内に泊まり込んで、因縁をつけて金を強請《ゆす》ろうとした徒《いたずら》牢人たちにそなえたのである。

「はい」

東五郎がうなずいた。

「ちと、厄介だな」

黒鬼党は腕の立つ武士が五人である。その一味にそなえるとなると、剣の遣える源九郎、菅井、島田の三人が、泊まらなければならないだろう。それでも、十分とはいえない。それに、一晩や二晩ならいいが、黒鬼党はいつ踏み込んでくるかしれないのだ。下手をすると、三月、半年という長丁場になるかもしれない。

源九郎がそのことを話すと、

「華町さまのおっしゃるとおりです。……ただ、長い間、三人の方に泊まっていただかなくとも、何とかなるはずです」

東五郎の考えによると、当初二、三日だけ、三人なり四人なり泊まってもらえば、店の奉公人や出入りしている取引先の者に、三崎屋には腕の立つ武士が四、五人も寝泊まりしている、と吹聴するという。その後は、ひとりなり、ふたりなりでいいというのだ。

「そうした噂が立てば、黒鬼党もうちの店はさけるはずです。深川だけでも、大きな商いをしている店は、いくらもございます。何もわざわざ危険をおかして、うちの店に押し入ることはないでしょう」

「そうだな」

源九郎は、東五郎の考えに納得した。

「ところで、おれたちの寝泊まりする座敷があるのか」

菅井が口をはさんだ。

「この座敷は、どうでございましょう。帳場からは近いですが、奉公人たちの部屋からは離れておりまして、店仕舞いすれば、静かになります。……よろしければ、お酒も用意いたしますが」

東五郎が、菅井に目をむけて言った。

「長丁場となると、退屈だからな。……将棋でもしながら夜を過ごしたいが、かまわんかな」

菅井が訊いた。

「どうぞ、どうぞ。将棋盤もこちらで、ご用意いたしましょう」

「よし、引き受けた」

菅井が声を強くして言った。

源九郎は苦笑いを浮かべただけで、口をはさまなかった。菅井の魂胆は分かっていた。三崎屋に泊まることになれば、酒を飲みながら源九郎や島田相手に存分に将棋が楽しめるのだ。それを思って、勝手に承知したのである。

ただ、源九郎もふところが寂しかったので、東五郎の話に乗ってもいいと思っていた。気になるのは、東五郎が礼金をどれだけ包むかである。東五郎も、源九郎たちに店の警備を頼んだ場合、それなりの依頼金や礼金が必要なことは知っていた。

「助かります」

東五郎は笑みを浮かべると、背を伸ばして手をたたいた。

すると、すぐに廊下を歩く足音がし、障子があいて徳蔵が顔を出した。

「番頭さん、用意した物をお願いしますよ」

東五郎が言うと、徳蔵は、承知しました、と小声で言い、すぐに障子をしめた。帳場にもどったらしい。

いっときすると、徳蔵は袱紗《ふくさ》包みを手にしてもどってきた。そして、東五郎の膝の脇に置くと、源九郎たちに頭を下げて、座敷から出ていった。

「これは、お礼です。とりあえず、百両用意しました」

東五郎は、袱紗包みを源九郎の膝先に押し出しながら言った。

「前金でございまして、黒鬼党の件が決着しましたら、残りの半分をお渡しいたします」

都合二百両ということになる。

「いただいておく」

源九郎が袱紗包みに手を伸ばした。

三

源九郎と菅井が三崎屋に出かけた日の夕方、長屋の仲間たちが亀楽《きらく》に集まった。亀楽は、本所松坂町《まつざかちょう》、回向院の近くにある縄暖簾《なわのれん》を出した飲み屋である。源九郎たちは、亀楽を贔屓《ひいき》にしていた。はぐれ長屋に近い上に酒が安く、しかも長時間居座っても文句を言わず好きなだけ飲ませてくれたからである。あるじの名は元造《もとぞう》。寡黙な男でいつも仏頂面をしているが、源九郎たちには気を使ってくれ、頼めば他の客を断ってでも貸し切りにしてくれた。

今日も、源九郎は元造に頼んで店を貸し切りにしてもらった。他の客の目を気にせず、仲間たちと話したかったのである。

店の飯台を前にして、腰掛け代わりの空き樽に腰を下ろしたのは、源九郎、菅井、島田、孫六、茂次、それに三太郎《さんたろう》という男だった。三太郎もはぐれ長屋の住人で、生業《なりわい》は砂絵描きである。

砂絵描きというのは、染粉で染めた砂を色別に布袋に入れて持ち歩き、人通りの多い寺社の門前や広小路の一角などの地面に水をまき、色砂を垂らして絵を描き、見物人から銭をもらう見世物である。

三太郎は、ふだん増上寺の門前で砂絵を描いて見せていたが、怠け者であまり仕事には行かず、長屋で寝ていることが多かった。ただ、おせつという娘と所帯を持ってからは、休まずに仕事に出かけているようである。

「旦那、そろそろ酒を用意しやしょうか」

元造が、源九郎たちが顔をそろえたのを見て声をかけた。

「頼む」

源九郎が言うと、元造はすぐに板場にひっ込んだ。

いっときすると、元造と店を手伝っているお峰《みね》という通いの婆さんのふたりで、酒と肴《さかな》を運んできた。肴はひじきと油揚げの煮染、漬物、それに炙《あぶ》ったするめだった。亀楽にしてはめずらしく、肴を三品も出してくれた。

酒肴《しゅこう》が飯台の上に並べられると、

「まず、一杯やってからだな」

源九郎が言って、銚子を取った。

「ありがてえ、酒だ！」

孫六が嬉しそうに声を上げた。孫六は酒に目がなく、源九郎たちと飲むのをなによりの楽しみにしていたのだ。

源九郎はいっとき飲んでから、

「みんなに、頼みがあってな」

と、切り出した。

「ヘッヘヘ……。旦那、知ってやすぜ。三崎屋の旦那に頼まれたんでしょう」

孫六が上目遣いに源九郎を見て言った。顔が赤みを帯び、目が生き生きしている。酒を飲んで、生気が蘇ったようである。

「そうだが、厄介な仕事だ」

源九郎が、東五郎に、黒鬼党の手から三崎屋を守るよう頼まれたことをかいつまんで話した。

「いつまでつづくか、分からねえのか」

茂次が、考え込むように視線を落とした。

「茂次の懸念はもっともだ。……だが、そう長い間ではない、とわしはみている。こんなあくどいやり方が、いつまでもつづくはずはないのだ。それに、町方だけでなく、火盗改も動きだすだろう」

源九郎が言うと、

「それに、旦那、あっしらだって、黒鬼どもが三崎屋に押し入るのを待ってるこたァねえんだ。ひとりでも尻尾《しっぽ》をつかんで、お縄にすりゃァ始末がつきまさァ。捕まえたやつを吐かせりゃァいいんだ」

孫六が目をひからせて言った。元岡っ引きらしい顔付きである。

「おい、毎晩、酒がつくのだぞ。それにな、好きなことをして過ごせばいいのだ」

菅井が口をはさんだ。好きなだけ将棋ができる、と言いたかったのだろうが、さすがにこの場では、将棋のことを口にしなかった。

「礼金は百両だ」

源九郎がふところから袱紗包みを取り出した。

「ひゃ、百両！」

茂次が声を上げた。

「やる！」

孫六が言うと、

「おれも、やる」

すぐに、茂次がつづいた。

黙ってやり取りを聞いていた島田と三太郎も承知した。源九郎たちにとって、百両は大金だったのである。

「では、いつものように分けるとしよう」

これまで、報酬や礼金は六人で均等に分けていたのだ。

源九郎は、飯台の上で袱紗包みをひらいた。切り餅が四つ包んであった。切り餅は一分銀百枚を紙で方形につつんだものである。一分銀四枚で一両、百枚で二十五両である。

「どうだな、ひとり十五両ずつで。残った十両は、わしらの酒代ということにしたら」

源九郎が言うと、

「それがいい」

と茂次が言い、菅井や孫六たちもうなずいた。

源九郎が一分銀を均等に分け、残った十両分もふところにしまうと、

「さァ、今夜は気兼ねなく飲んでくれ」

と、声を大きくして言った。

「あ、ありがてえ。銭の心配をしねえで、好きなだけ飲めるんだ」

孫六が目を糸のように細め、舌嘗《したな》めずりをしながら言った。

それから、源九郎たちは一刻半（三時間）ほど、おだを上げながら飲んだ。

六人でじゅうぶん飲んでから、店の外に出ると満天の星だった。頭上に、十六夜《いざよい》の月が皓々《こうこう》とかがやいている。町木戸のしまる四ッ（午後十時）ごろであろうか。松坂町の家並は夜の帳《とばり》に沈み、洩《も》れてくる灯もなくひっそりと寝静まっていた。

源九郎、菅井、島田の三人は肩を並べて、はぐれ長屋の方へ歩いていた。孫六、茂次、三太郎の三人は、肩を抱き合うような格好で源九郎たちの前を歩いている。よろけたり、つつき合ったりしていた。三人の間から、ときおりくぐもった声や下卑た笑い声などが聞こえてきた。卑猥《ひわい》な話になったらしい。いつもそうなのだが、孫六たち三人は酔うと下ネタになるのだ。

「菅井、どうした。何か気になることでもあるのか」

歩きながら源九郎が訊いた。めずらしく、菅井がけわしい顔をして歩いていたからである。

「黒鬼党のことだ。一味には、居合の遣い手がいるようだな」

菅井が小声で言った。

「菅井、下手人に何か心当たりがあるのか」

源九郎が、菅井に顔をむけて訊いた。

「いや、心当たりはない」

菅井の胸に江原のことが浮かんだが口にしなかった。居合の遣い手というだけで、下手人と江原をつなげるのは無理がある。

「うむ……」

「政次という岡っ引きが斬られたな」

菅井が言った。

「ああ」

「おれたちが黒鬼党を探ったり、斬ったりすれば、おれたちの命を狙ってくるのではないかな」

「わしも、そうみている」

源九郎が言うと、島田もうなずいた。

「油断をすると、やられるぞ」

菅井が低い声で言った。夜陰のなかに、細い目が切っ先のようにひかっている。

四

源九郎たちが、三崎屋に寝泊まりするようになって十日経った。

黒鬼党が三崎屋を襲う気配はまったくなかった。当初の三日だけ、源九郎、菅井、島田の三人がそろって三崎屋に泊まったが、その後は仲間六人のうちのふたりが、交替で泊まっている。

この日、菅井は三崎屋に泊まる番ではなかった。朝から晴天だったが、両国広小路に居合抜きの見世物に出かける気になれなかったので、いつもより遅く起きだした。ふところは暖かいので、しばらく金の心配はしないで済むのだ。

……江原を訪ねてみるか。

と、菅井は思った。

菅井は、江原が黒鬼党のひとりではないかという懸念が払拭《ふっしょく》できないでいた。それに、江原の住む本所竹町ははぐれ長屋から遠くなかったし、長屋の名も分かっていた。

菅井は朝餉を終えると、はぐれ長屋を出た。ともかく、江原と会ってみようと思ったのである。

菅井は回向院の脇を通り、本所横網町を抜けて大川端に出た。大川端を川上にむかって歩けば、竹町に出られる。

風のない静かな晴天だった。大川の川面が、初夏の陽射しを反射て《はね》、金箔《きんぱく》を流したようにかがやいている。その川面を、猪牙舟《ちょきぶね》、屋形船、荷をつんだ艀《はしけ》、高瀬舟などが、ゆったりと行き交っていた。初夏ののどかな光景がひろがっている。

菅井は大川端をせかせかと歩いていた。川面の景観を愛でながら、のんびり歩いている気分ではなかったのだ。

しばらく歩くと、前方に大川にかかる吾妻橋《あずま》が迫ってきた。大名の下屋敷の前を過ぎると、竹町である。菅井は竹町に入ってから、通り沿いの下駄屋に立ち寄って、長兵衛店はどこか訊いてみた。

五十がらみと思われる親爺が、

「この先、三町ほど歩くと、八百屋がありやす。長兵衛店はその脇でさァ」

と、教えてくれた。

行ってみると、小体《こてい》な八百屋があった。その脇に、長屋につづく路地木戸がある。

菅井は、突然、長屋に押しかけるのはどうかと思ったが、近くを通りかかったことにして訪ねてみることにした。

路地木戸をくぐると、すぐ前に井戸があった。井戸端で、女房らしい女がふたり立ち話をしていた。ひとりは手桶を提げていた。水が半分ほど入っている。もうひとりは、青菜の入った笊《ざる》を持っていた。水汲みにきた女房と青菜を買ってきた女房が、ここで顔を合わせておしゃべりを始めたらしい。

「長屋の者かな」

菅井が声をかけた。

話に夢中になっていたふたりは、菅井の声で振り返り、ギョッとしたように身を硬くした。驚いて当然である。総髪が肩まで垂れ、般若《はんにゃ》のような顔をした男が、目の前に立っているのだ。

菅井は小袖を着流し、大刀を一本だけ差していた。ふたりの女房の目には、得体の知れない牢人と映ったであろう。

「そ、そうですよ」

笊を持った女房が、声を震わせて言った。

「この長屋に、江原新八郎という男が住んでいるな」

菅井はやさしい声で言った。口元には微笑さえ浮いている。

「い、います」

手桶を提げた女房が言った。手桶の水が揺れていた。体が顫《ふる》えているらしい。

「いま、長屋にいるかな」

「いませんよ」

笊を持った女が、すぐに答えた。いくぶん落ち着いたらしく、声の震えはとまっている。ただ、まだ顔には警戒の色があった。

「出かけたのか」

「ええ、あたし、半刻（一時間）ほど前、長屋を出て行くのを見ましたから。江原の旦那、このところ長屋を留守にすることが多いんですよ」

笊を持った女が言うと、

「いったい、何をしてるんですかね。病《やまい》のご新造さんを残して……」

もうひとりの女房が、顔をしかめて言った。

ふたりのおしゃべりが、滑らかになってきた。菅井と話したことで、警戒心が薄れたらしい。

「妻女は、患《わずら》っているのか」

菅井は、江原が千佳という娘と所帯を持ったことは知っていた。

「そうなんです。ご新造さん、ちかごろは寝たきりらしくてね。あまり顔を見かけなくなったんですよ」

笊を持った女房が、眉宇《びう》を寄せた。

「うむ……」

菅井は、どうしようか迷った。江原はいないようだし、妻女は臥《ふ》せっているらしい。

……せっかく来たのだから、江原の家だけでも見てみるか。

と菅井は思い、ふたりに江原の家はどこか訊いた。

「その棟のふたつ目の家ですよ」

笊を持った女房が、井戸の脇の棟を指差して言った。

菅井はふたりの女房に礼を言うと、教えられたふたつ目の家へ行ってみた。腰高障子はしまっていた。

戸口に近付いて耳をそば立てたが、物音も話し声も聞こえてこなかった。

腰高障子が、一か所破れていた。垂れた紙片が、ヘラヘラと笑っているように風に揺れている。

武士らしくない、と思ったが、菅井は破れ目からなかを覗いてみた。なかは薄暗かった。かすかに、土間の先の座敷が識別できた。奥に枕屏風が立ててあり、その向こうに夜具が敷いてある。

　だれか寝ているらしい。かけてある掻巻《かいまき》が、かすかに動いていた。千佳という妻女にちがいない。

　ふと、菅井の胸に病で死んだ妻のおふさのことがよぎった。おふさも、菅井が見世物に出ているときは、ひとりで寝ていたのである。菅井の胸のなかで、おふさと目の前で寝ている江原の妻が重なった。

　菅井がさらに覗き込もうとしたとき、額が障子の桟に当たってちいさな音をたてた。すると、掻巻の動きがとまった。寝ている妻女が、音を聞き取ったようだ。

「おまえさん……」

　細く弱々しい声が聞こえた。妻女は、江原が帰ってきたと思ったらしい。

　菅井は身を引き、足音を立てないようにして戸口から離れた。井戸端の近くにもどると、菅井は溜息をついた。先程、話を聞いたふたりの女房の姿はなかった。

　菅井は路地木戸の方へ歩きながら、ひどく胸が痛んだ。病で死んだおふさの姿が、脳裏によみがえった。おふさも千佳と同じように、病身を暗い長屋の座敷に横たえ、菅井の帰りを待っていたのである。

……千佳どのの病が、快復してくれるといいが。

菅井は、胸の内でつぶやいた。

五

「華町の旦那、黒鬼たちが動きやしたぜ」

茂次が、けわしい顔をして言った。

源九郎の家だった。朝餉の後、源九郎が部屋で茶を淹《い》れて飲んでいると、三崎屋に泊まった茂次と島田が立ち寄ったのだ。昨夜は、茂次と島田の番だったのである。

「三崎屋を襲ったのか」

驚いて、源九郎が訊いた。

「そうじゃァねえ。一味らしいやつが、出入りの船頭を脅して話を訊いたようなんで」

茂次の話によると、暗くなってから磯吉《いそきち》という船頭が大川端を歩いていると、いきなり二刀を帯びた武士に呼びとめられ、三崎屋に泊まっている源九郎や菅井のことを訊かれたという。

磯吉が話すのを拒むと、武士はいきなり刀を抜いて切っ先を磯吉に突き付けたそうだ。

「それで怖くなり、磯吉がしゃべったらしいんでさァ」

茂次によると、磯吉は三崎屋にもどり、武士とのやり取りを東五郎や茂次たちに話したという。

島田は上がり框に腰を下ろし、戸口の腰高障子に目をやったままふたりのやり取りを聞いている。

「すると、磯吉はその武士を見ているのだな」

源九郎が訊いた。

「へい」

「顔や身装は？」

源九郎は顔付きや扮装《いでたち》が分かれば、この先一味を探る手掛かりになるのではないかと思ったのである。

「それが、笠をかぶっていたので、顔は見えなかったそうでさァ」

茂次たちが磯吉から聞いたことによると、武士は深編み笠をかぶり、小袖にたっつけ袴だったという。

「それでは、手掛かりにならんな」

顔もそうだが、牢人か主持ちの武士かも分からない。

「その武士は、磯吉がしゃべっても手掛かりにならないとみたから、斬らなかったのでしょう」

島田が言葉をはさんだ。

「いずれにしろ、黒鬼党は、三崎屋にわしらの仲間がふたりしか寝泊まりしていないことを知ったわけだな」

「そうなりやす」

「襲うかな」

源九郎が小声で言った。

「用心した方がいいでしょうね」

島田が言った。

「ともかく、東五郎どのと相談してみるか」

三崎屋の警備のこともあったが、源九郎たちの身の懸念もあった。だれが泊まったとき襲われるか分からないが、ふたりだけでは太刀打ちできないだろう。かといって、連日六人もで寝泊まりするわけにはいかない。

「今日にも、三崎屋に行ってみよう」

源九郎がそう言ったとき、戸口に近付いてくる足音がした。草履らしい。聞き慣れない足音だった。

足音は戸口の前でとまった。腰高障子にぼんやりと人影が映っている。女のようだった。入るか入るまいか迷っているらしく、人影が揺れている。

「あの……、藤四郎さまは、おりますか」

震えを帯びた女の声がした。

「は、萩江！」

島田が声をつまらせて言い、慌てて腰高障子をあけて外へ出た。島田の新妻の萩江である。

茂次が島田につづいて、外へ出ようとすると、源九郎が、ムズと茂次の肩をつかんだ。

「ふたりだけにしておいてやれ」

源九郎は、そっと障子をしめた。若夫婦のやり取りに、源九郎や茂次が顔を出さない方がいいと思ったのである。

「ヘッヘ……、そうでした」

茂次が薄笑いを浮かべ、首をすくめた。

それでも、茂次は外のふたりが気になるらしく、障子の切れ目から外を覗いている。

土間に立った源九郎も、障子の間から外に目をむけた。姿を見るだけならいいだろう、と思ったのである。

萩江の色白の顔が、障子のむこうに見えた。うつむいた端整な面立ちに、不安そうな表情がある。

萩江は大身の旗本、秋月房之助の娘だったが、島田とふたりで長屋暮らしをするようになり、長屋の娘と同じような身装に変えていた。肩に継ぎ当てのある小袖に粗末な帯、髷《まげ》にはくすんだ色の柘植《つげ》の簪《かんざし》が挿してあるだけである。化粧もしていなかったが、色白の肌、澄んだ眸《め》、花弁のような形のいい唇などには清楚な美しさと若妻らしい色香があった。

「萩江、どうした」

島田がやさしい声で訊いた。

「お熊《くま》さんに、藤四郎さまが華町さまの家にいると聞いたので……」

萩江が、眉宇を寄せて言った。

お熊は長屋に住む女房である。萩江の慣れない長屋暮らしに気を使って、何かと面倒をみているのだ。

「三崎屋からの帰りがけに寄ったのだ」

昨夕、島田は、三崎屋の警備を頼まれて長屋の者といっしょに三崎屋に泊まる、と萩江に言って長屋を出たのである。

「わたし、藤四郎さまがそばにいてくれないと怖いんです」

萩江が涙ぐんで言った。どうやら、ひとりで長屋の夜を過ごしたことが怖かったらしい。萩江は家出までして、心を寄せていた島田の許へ飛び込んできたのだが、そうした思い切った行動を取る反面、まだ少女のような一面も残しているようだ。

「……」

島田は何も言えなかった。困惑したような顔をしただけである。

「それに、寂しくて……」

萩江は泣きだしそうな顔をした。

「す、すまぬ。これからは、萩江をひとりにはせぬ」

思わず、島田はそう言ってしまった。

「本当ですか」

萩江が島田に顔をむけて訊いた。

「武士に二言はない」

そう言ってから、島田は困惑した。分け前をもらった手前、自分だけ三崎屋の警備にくわわらないわけにはいかないのだ。

「よかった」

萩江の瞼に涙が浮いていたが、顔には安心したような表情があった。

……華町どのに、分け前は返そう。

島田は胸の内でつぶやいた。亀楽で手にした十五両は、返さねばならない。

「萩江、先に家に帰っていてくれ」

島田は、華町どのに話があるのだ、と小声で言い添えた。

「はい」

萩江は素直に返事をし、島田をその場に残してきびすを返した。

ふたたび源九郎の家へ入った島田は、三崎屋に泊まれなくなったことを話し、

「したがって、十五両はお返しする」

そう言って、ふところから財布を取り出した。

「待て」

源九郎が言った。

「わしらの配慮が足りなかった。まだ、萩江どのをひとりにするのは、かわいそうだ。島田はしばらく長屋に待機していてくれ」

源九郎と茂次に、島田と萩江のやり取りが聞こえたのである。

「長屋で何をするのだ」

島田は財布を手にして戸惑うような顔をした。

「三崎屋に黒鬼党が押し入る気配があったら、そのときだけ来てもらう。茂次から三太郎を長屋に走らせるから、三崎屋に駆け付けてくれ」

源九郎は、そうした状況にはならないだろうとみたが、島田の顔を立てたのである。

「それでいいのか」

島田は納得しかねぬまま財布をふところにしまった。実は、島田も十五両返してしまうと明日からの暮らしが立ち行かなくなるのだ。

六

「なに、今夜は華町もいっしょか」

菅井が声を上げた。

源九郎は、島田が家にもどった後、菅井の家へ行ったのだ。今晩は、菅井と三太郎が三崎屋に泊まることになっていたが、事情を話し、源九郎も同行することにしたのである。

「東五郎と、相談するつもりだ」

源九郎が言った。

「それがいい」

「よろしくな」

「華町、今夜は腰を据えて勝負ができそうだな」

菅井がニンマリした。菅井の頭にあるのは、源九郎との将棋のことらしい。菅井は三崎屋に寝泊まりするようになれば、酒を飲みながらじっくり将棋ができると喜んでいたのだが、これまでその機会がなかったのだ。それというのも、源九郎、菅井、島田の三人が別々に泊まったからである。

「菅井の旦那、今夜はあっしととっつァんも、ごいっしょしやすぜ」

脇から茂次が言った。

とっつァんというのは、孫六のことである。島田が家にもどった後、茂次が孫六の家に立ち寄り、事情を話したのだ。すると、孫六が、そういうことなら、おれも行く、と言いだし、茂次も行く気になったようだ。

「賑やかでいいではないか」

菅井は相好をくずしたまま言った。

「一晩だけならいいが、長くはつづかんぞ」

源九郎は、将棋どころではなかった。今後どうするか、東五郎と相談せねばならないのだ。

七ツ（午後四時）ごろ、源九郎、菅井、孫六、茂次、三太郎の五人は、そろってはぐれ長屋を出た。

三崎屋に着くと、番頭の徳蔵は、源九郎たちがいつも使っている部屋の奥に連れていった。そこは、十畳ほどもあるひろい部屋だった。大勢だったので、ひろい座敷に案内したらしい。

いっときすると、女中が五人のために茶を運んできた。茶を出し終えて、女中が座敷から去ると、それまで、源九郎と話していた徳蔵が腰を上げた。

「番頭、あるじと相談したいことがあるのだがな」

源九郎が言うと、

「みなさん、ごいっしょに？」

徳蔵が訊いた。大勢だったので、何事かと思ったらしい。

「いや、とりあえず、わしと菅井で話させてくれ」

「それでは、いつもの座敷でお待ちください」

そう言って、徳蔵は源九郎と菅井をいつも使っている座敷へ案内した。

源九郎と菅井が座敷に腰を落ち着けるとすぐに、東五郎が姿を見せた。いつもとちがって、顔に笑みがなかった。

東五郎は源九郎と対座すると、

「今日は大勢で来ていただいたそうで、助かります」

そう言った後、何かご相談があるとか、と声を落として訊いた。

「三崎屋さん、出入りの船頭が、うろんな武士にわしらのことを訊かれたそうだな」

源九郎が切り出した。

「は、はい」

「その武士は、黒鬼党のひとりとみていいな」

「……！」

東五郎の顔がけわしくなった。

「どうやら、黒鬼党は三崎屋に押し入る気でいるようだ。その気があるから、船頭にわしらのことを訊いたのであろう」

源九郎は、ちかいうち黒鬼党が何か仕掛けてくるのではないかとみていた。黒鬼党は武士集団である。しかも、腕に覚えのある者たちらしい。狙った商家に警備の者がいると知って尻込みしたのでは、剣客の矜持《きょうじ》を捨てることになる。

「おれも、そうみるな」

菅井が目をひからせて言った。

「ど、どうしたらよろしいでしょう」

東五郎が声をつまらせて訊いた。

「黒鬼党にそなえて、今日は大勢で来たわけだ」

「た、助かります」

「だが、わしらも連日これだけの人数で、泊まり込むことはできんのだ」

それに、茂次、孫六、三太郎の三人は、押し込んできた黒鬼党に対してたいした戦力にはならないだろう。結局、源九郎と菅井が迎え撃つことになるだろうが、ふたりだけではどうなるか分からない。

「華町さまたちがいなければ、どうにもなりません」

東五郎が、苦渋の色を濃くした。

「そこで、相談だ」

源九郎は東五郎の方に膝を進め、

「三崎屋は材木問屋だ。……材木なら、すぐに調達できるだろう」

「材木なら、すぐにも」

東五郎が怪訝《けげん》な顔をした。源九郎が、何を言おうとしているのか分からなかったからであろう。

「大工も、すぐに呼べるな」

「はい、知り合いの棟梁が何人もいますから」

「聞くところによると、黒鬼党は店の大戸の脇のくぐり戸を掛矢で打ち破って押し入るそうだ」

源九郎は、五人のなかにひとり巨漢の男がいて、掛矢をふるうらしいと聞いていた。

「てまえも、そう聞いております」

「くぐり戸だが、頑丈に作り変えることはできんか」

源九郎が訊いた。

「太い材木と厚い板を使えば……。ですが、いずれ破られます。それに、くぐり戸が駄目なら、大戸に掛矢をふるうかもしれません」

東五郎は、戸惑うような顔をした。くぐり戸を頑丈にしても、黒鬼党の侵入は防ぎきれないとみているのだろう。

「いずれにしろ、時は稼げよう」

「は、はい……」

「その間に、家族と店内にいる奉公人は裏口から逃げ、土蔵なり倉庫なり、身を守れるところに逃げ込めばいい」

眠っていても、掛矢をふるう音で目が覚めるはずだ。くぐり戸を破るのに手間取れば、安全な場所に逃げる時間はある。店の金も土蔵に運び込んでおけば、侵入した一味に奪われることはないだろう。

源九郎がそのことを話すと、

「ですが、うまく逃げられるでしょうか」

東五郎は不安そうな顔をした。

「念のために、わしか菅井のどちらかが店に泊まり、店の者が逃げ出すまで、何とか一味の侵入をくいとめよう」

その場の状況によっては、板戸越しに刀で突き刺す手もある。

「それなら安心ですが、店にとどまる華町さまと菅井さまはどうなります」

東五郎が、源九郎と菅井に目をむけて訊いた。

「足の速い者にいっしょにいてもらい、長屋まで走ってもらう」

源九郎は、茂次と三太郎のどちらかに交替で寝泊まりしてもらえばいいと思った。それに、源九郎は、そのときの状況によって、はぐれ長屋の男たちを大勢使う手も考えていた。

「間に合いましょうか」

東五郎は、まだ不安そうだった。

「間に合う」

一味が掛矢をふるい始めてから店内に侵入するまで、時間がかかるはずだ。すぐに、裏手から飛び出せば、かなり走れる。それに、三崎屋からはぐれ長屋まで遠くなかった。何とか間に合うだろう。間に合いそうもなければ、源九郎たちも逃げ出せばいいのだ。

「華町さまと菅井さまだけが、頼りでございます」

東五郎は深々と頭を下げた。

「大船に乗ったつもりでいてくれ」

源九郎は東五郎を安心させるためにそう言い残し、菅井とともに廊下に出た。

「華町、いよいよだな」

奥の座敷にもどりながら、菅井が源九郎に身を寄せてささやいた。

「何のことだ？」

「将棋だよ、将棋」

菅井が目をひからせて言った。

「よし、相手になってやる」

源九郎は菅井の執拗《しつよう》さに呆《あき》れたが、ここまできて、菅井を突き放すのはかわいそうな気がしたのだ。

翌朝、陽がだいぶ高くなってから、源九郎たちは三崎屋を出た。遅い朝餉を食べてから、腰を上げたのである。

「すこし、腰が痛いな」

歩きながら、菅井が両手を突き上げて伸びをした。

昨夜、源九郎と菅井は、明け方ちかくまで将棋を指した。菅井がなかなかやめると言わなかったのだ。

「菅井には勝てんよ」

源九郎が、うんざりした顔で言った。

「やっと、おれの実力が分かったようだな」

菅井はニヤニヤしている。

「ああ……」

源九郎は、菅井の執拗さには勝てぬ、と言おうとしたのだが、口をきくのも面倒なので何も言わなかった。

昨夜、二局も指せば十分だと思ったが、結局五局もつき合わされた。勝敗は源九郎の二勝三敗であった。最初の二局は源九郎が勝ったが、後の三局はつづけて負けた。気力がなくなり、なおざりに指していたのだ。五局目などは、小半刻(三十分)で勝負がついてしまった。

「旦那方、将棋もいいが、旨《うま》い酒でしたぜ」

孫六が、目尻を下げて言った。孫六は、酒さえあれば満足なのである。

そんなやり取りをしながら、五人は大川端を川上にむかって歩いた。このままはぐれ長屋へ帰るつもりだった。

源九郎たちの一町ほど後ろをひとりの武士が歩いていた。小袖にたっつけ袴。網代笠《あじろがさ》をかぶっている。

武士は源九郎たちの跡を尾《つ》けていた。大川端の道は、人通りが多かったこともあり、源九郎たちは尾行者に気付かなかった。

武士は、源九郎たちがはぐれ長屋につづく路地木戸をくぐると、路傍に足をとめた。

武士は網代笠の縁をつかんで持ち上げ、源九郎たちの背を見送ってから、

「この長屋の住人か」

とつぶやいて、きびすを返した。

第三章　待ち伏せ

一

「菅井の旦那、行きやすか」

腰高障子の向こうで、茂次の声がした。

はぐれ長屋の菅井の家である。今日は、菅井と茂次が三崎屋に泊まる番であった。源九郎や菅井たちが、三崎屋東五郎とこの先どうするか相談してから、五日経っていた。いまのところ、黒鬼党が三崎屋に押し込むような気配はなかった。

「いま、行く」

菅井は腰に大刀だけを差した。居合の見世物のときに、遣っている刀である。念のために、手に馴染む刀を差したのだ。

まだ、七ッ半（午後五時）にもなっていないはずだが、辺りは夕暮れ時のように薄暗かった。空が厚い雲におおわれているせいである。

「降ってきやすかね」

茂次が空を見ながら言った。いまにも、雨が落ちてきそうな雲行きである。

「途中で降られそうだな。……華町に、傘を借りていくか」

源九郎の生業《なりわい》は、傘張りだった。古傘のなかに、すこしの雨なら防げる物もあるはずである。

「そうしやしょう」

茂次も、家にもどるのは面倒のようだ。それに、源九郎から三崎屋の様子を訊《き》いてみようと思ったらしい。源九郎は三太郎とふたりで、昨夜、三崎屋に泊まったはずである。

源九郎は、部屋にいた。座敷に胡座《あぐら》をかいて茶を飲んでいた。めずらしく、湯を沸かして茶を淹《い》れたらしい。

「華町、傘を貸してくれ」

菅井が言うと、

「ろくなのはないぞ」

源九郎はすぐに立ち上がり、土間の隅に置いてある古傘のなかからましなのを二本取り出した。

「旦那、三崎屋の様子はどうです」

茂次が訊いた。

「変わりなかったな」

源九郎によると、三崎屋はいつもと同じように商いをつづけ、朝まで何事もなかったという。

「これから、ふたりで出かけやす」

茂次がそう言い残し、菅井とともに古傘を持って戸口から出た。

ふたりは、長屋の前の路地から竪川沿いの通りへ出ると、大川方面にむかった。前方に、竪川にかかる一ツ目橋が見えている。

竪川沿いの通りは、人影がまばらだった。ふだんは人通りが多いのだが、いまにも雨の降りそうな空模様のせいかもしれない。早めに仕事を終えた出職の職人や船頭ふうの男などが、足早に通り過ぎていく。

ふたりは、一ツ目橋を渡って大川端へ出た。右手の先に御舟蔵があり、左手は町家がつづいていた。人通りはすくなく、ひっそりとしている。

菅井は御舟蔵の脇まで来たとき、背後から歩いてくる武士に気付いた。網代笠《あじろがさ》をかぶり、茶の小袖に黒のたっつけ袴で二刀を帯びている。

……あの男、橋を渡っていたときも見かけたな。

菅井は一ッ目橋を渡っていたとき、橋のたもと近くを歩いている武士の姿を目にしていた。同じ武士が、ほぼ同じ間隔を保ったままついてくる。

……あやつ、できる！

菅井は、武士の歩く姿に隙がないのを見てとった。遠目にも武士の腰が据わり、ひきしまった体軀《たいく》をしているのが分かった。

「旦那、どうしやした」

茂次が小声で訊いた。菅井が、それとなく背後に目をやったのを見たのである。

「後ろの笠をかぶった男、おれたちを襲う気かもしれんぞ」

菅井が小声で言った。

「どうしやす、旦那」

茂次の顔がこわばった。

「相手はひとりだ。おれが、仕留めてやる」

菅井は、ひとりなら何とかなると踏んだのだ。それに、逃げ帰るのは癪《しゃく》である。

御舟蔵の脇を通り過ぎようとしたとき、茂次が、

「旦那、前からも、うろんな侍が来やすぜ」

と、上ずった声で言った。

前から来る武士は、ふたりだった。いずれも、羽織袴姿で二刀を帯びていた。深編み笠をかぶって顔を隠している。ひとりは、六尺余はあろうかと思われる巨漢だった。もうひとりは中背だが、どっしりとした腰をしていた。

……黒鬼党だ！

と、菅井は察知した。

黒鬼党には、掛矢《かけや》をふるう巨漢の男がいると聞いていた。前から来る武士のひとりは巨漢だった。他のふたりも、遣い手らしい。それに、三人とも笠で顔を隠している。そうしたことを考え合わせれば、黒鬼党しか考えられなかった。菅井と茂次の命を狙っているにちがいない。

「だ、旦那、やつら、おれたちを襲う気ですぜ」

茂次の声が震えた。

「そうらしいな」

「どうしやす」

「茂次、左手の路地へ走り込め。長屋へ走って、華町に知らせろ」

路地をたどれば、竪川沿いの道に出られるはずだった。一ッ目橋を渡れば、はぐれ長屋まですぐである。

「だ、旦那は？」

「やつらを食いとめる」

ふたりで逃げれば、後ろの男は左手の別の路地に走り込み、先まわりして行く手に立ちふさがるかもしれない。そうなれば、ふたりとも挟み撃ちになる。

「旦那も、いっしょに逃げてくれ！」

茂次が必死の面持ちで言った。

「茂次、行け！　華町を呼んでこい」

菅井が声を強くした。

「へ、へい」

茂次は手にした傘を路傍に放り投げ、左手の路地へ駆け込んだ。

それを見た前方のふたりが、小走りになった。後方の男も走りだした。前後から、菅井に迫ってくる。

茂次を追うつもりはないようだ。三人の狙いは、菅井だけだったのかもしれない。

菅井は川岸に目をやり、枝葉を茂らせている柳を目にした。すばやく、菅井は柳の幹を左手にし、大川端を背にして立った。この場なら、背後と左手からの攻撃を防ぐことができる、と踏んだのだ。

二

通りの左右から、三人の武士が小走りに近付いてきた。三人とも身辺に隙がなかった。菅井のみたとおり、いずれも遣い手のようだ。

菅井は手にした古傘を投げ捨て、左手を鍔元《つばもと》に添えて鯉口を切り、右手を刀の柄《つか》に添えた。すぐに、抜刀できる体勢を取ったのである。

菅井の前に、後ろから駆け寄った網代笠の男が立った。右手に前から来た中背の武士が立ち、左手の柳の後ろに巨漢の男がまわり込んだ。

「さすがだな、位置取りがみごとだ」

網代笠の男が、低い声で言った。右手を刀の柄に添えていたが、まだ抜く気配はなかった。

「何者だ」

菅井が誰何《すいか》した。

「名はいえぬ」

「人違いではないのか。おれは、おぬしらに恨まれる覚えはないぞ」

菅井は、三人を黒鬼党とみたが、わざとそう訊いたのだ。すこしでも時を稼ぐためである。

「人違いではない。おぬしを斬るために待っていたのだ」

「うぬら、黒鬼党か」

菅井が訊いた。

「さて、どうかな」

網代笠の男が、ゆっくりとした動作で刀を抜いた。

構えは青眼だった。ピタリ、と切っ先が菅井の喉元につけられた。

……手練《てだれ》だ！

菅井の全身に鳥肌が立った。

尋常な遣い手ではない。菅井にむけられた剣尖《けんせん》に、そのまま喉元に伸びてくるような威圧があった。その威圧に圧倒され、網代笠をかぶった武士の姿が、遠ざかったように見えた。剣尖の威圧で、間合が遠く感じられるのだ。

菅井はすこし後じさり、居合腰に沈めて抜刀体勢をとった。

すると、右手に立った男が、右手を柄に添えて腰を沈めた。

……居合か！

右手の男が、居合腰に沈めたのだ。両肩が落ち、腰がどっしりと据わっている。

……こやつ、できる！

菅井は男の抜刀体勢を見ただけで、居合の達者であることが分かった。

男は左手で鍔元を握り、すこし鞘ごと前に出して柄頭を地面にむけるように構えている。

……逆袈裟《ぎゃくげさ》に斬り上げる構えだ！

菅井の脳裏に、首筋を斬られた豊造と政次の刀傷が脳裏をよぎった。菅井は、この男が下手人ではないかと思った。豊造と政次は逆袈裟に斬り上げた居合の抜きつけの一刀で斬られた、と菅井はみていたのである。

そのとき、菅井の脳裏に江原の顔が浮かんだ。一瞬、右手にいる男が江原ではないかと思ったが、すぐにちがうと分かった。居合腰に構えた姿は、江原のものではなかった。それに、体軀もちがう。

菅井は、柄頭を地面にむけた抜刀の構えをどこかで見たような気がしたが、だれなのか思い出せなかった。もっとも、居合を遣う者は、抜刀のおりに鞘ごと前に押し出すようにして柄頭を下にむけることがあるのだ。

「いくぞ！」

対峙した武士が、趾《あしゆび》を這《は》うようにさせてジリジリと間合をせばめてきた。槍の穂先が迫ってくるような威圧がある。

対峙した武士と菅井の間合は、およそ三間半。まだ、一足一刀の間境からは遠い。

菅井は抜刀体勢をとったまま気を鎮めた。眼前に迫ってくる武士との間合と、気の動きを読もうとしたのである。居合は、敵との間合と抜刀の迅《はや》さが命である。そのためには敵との間合と、気の動きを読むことが大事だった。

菅井は居合腰に構えた右手の武士との間合も読んでいた。

……やや遠い。

と、感じた。半間ほどつめなければ、抜きつけても切っ先のとどかない間合である。

この武士は、正面の武士にまかせるつもりらしい、と菅井は読んだ。おそらく、正面の武士と菅井の攻防のなかで隙をみて、仕掛けてくるだろう。

もうひとり、柳の幹の向こうに巨漢の武士がいた。八相に構えていたが、間合は遠かった。斬り込んでくる気配もない。この場は正面と右手の武士にまかせ、自分は逃げ道をふさいでいるだけのようだ。

対峙した武士との間合が、しだいにせばまってきた。全身に気勢が満ち、痺《しび》れるような剣気をはなっている。菅井も全神経を対峙した武士にむけた。

気合も、息の音も聞こえなかった。時のとまったような静寂と緊張のなかで、ズッ、ズッと足裏を摺《す》る音が聞こえた。対峙した武士が、間合をせばめてくる音である。

ふいに、対峙した武士の寄り身がとまった。右足が一足一刀の間境にかかっている。

……くる！

と、菅井は察知した。

刹那《せつな》、武士の体が膨れ上がったように見え、斬撃の気がはしった。

イヤアッ！

タアッ！

ふたりの気合が、ほぼ同時に静寂を劈《つんざ》いた。

武士が青眼から袈裟へ。

間髪をいれず、シャッ、という刀身の鞘走る音とともに、菅井の抜きつけの一刀が逆袈裟にはしった。神速の抜き打ちである。

袈裟と逆袈裟。

二筋の閃光《せんこう》が稲妻のように疾《はし》り、ふたりの眼前で合致した。

次の瞬間、甲高い金属音がひびいて青火が散り、ふたりの刀身が前後にはじき合った。

すかさず、武士が二の太刀をふるった。撥《は》ね上がった刀身を、さらに袈裟に斬り下ろしたのだ。一瞬の連続技である。

ザクリ、と菅井の着物の肩先が裂けた。菅井は刀で受けられなかったのだ。居合の威力は、抜刀すると半減する。抜きつけの一刀に気と全神経を集中させるため、どうしても二の太刀が遅れるのである。

次の瞬間、菅井は左手の柳の幹の後ろに跳んだ。右手の男の居合からも逃げねばならなかったのだ。

菅井の着物の左の肩先が裂け、肌から血が流れ出ていた。ただ、左腕は自在に動くので、皮肉を裂かれただけらしい。

正面に対峙していた武士が、すばやく左手にまわり込んできた。居合を遣う男も、右手から迫ってくる。

……華町、早く来い！

菅井は胸の内で叫んだ。

このままでは斬られる、長くはもたない、と菅井は踏んでいたのだ。菅井は目をつり上げ、口をひらいて歯を剝《む》き出していた。まさに、夜叉のような形相である。

ポツポツと雨が降ってきた。菅井の顔や肩先を雨が打つ。

三

菅井が正面に立った武士と一合するすこし前、茂次は長屋につづく路地木戸から走り込んだ。

「だ、旦那、華町の旦那！」

叫び声を上げ、源九郎の家の腰高障子をあけはなった。

源九郎は、座敷で横になっていた。夕餉《ゆうげ》の支度をするのはすこし早いので、一休みしていたのである。

「どうした、茂次」

すぐに、源九郎は身を起こした。茂次のひき攣《つ》ったような叫び声が、ただごとではないことを感じさせたのだ。

「す、菅井の旦那が、殺《や》られる！」

茂次が声をつまらせて言った。

「なに！　場所はどこだ」

源九郎は立ち上がって、部屋の隅にあった刀を手にした。

「御舟蔵のそばで」

「相手は何人だ？」

源九郎は土間へ飛び下りた。

「三人でさァ」

「島田に知らせろ」

菅井を襲ったのは黒鬼党であろう、と源九郎はみた。三人とも遣い手とみなければならない。島田の腕を借りる必要がある。

「へい！」

茂次が、戸口から走り出た。

つづいて、源九郎は飛び出し、手にした刀を腰に差した。

茂次は泥溝板《どぶ》を踏み鳴らし、

「大変だァ！　島田の旦那ァ！」

と叫び声を上げながら、島田の家の方に走っていく。

源九郎は路地木戸の方へ走った。背後で、バタバタと腰高障子のあく音がひびいた。長屋の連中が、何事が起こったのかと思い、戸口から外へ出てきたのだ。

源九郎が竪川沿いの通りへ出て、一ッ目橋の方へ走りだしたとき、ポツポツと雨が降ってきた。上空に黒雲が流れ、生暖かい風がふいている。竪川の水面に波がたち、汀《みぎわ》を打つ波音が聞こえてきた。

一ッ目橋のたもとまで来たとき、背後で大勢の足音が聞こえた。走りながら振り返ると、島田と茂次につづいて、三太郎、孫六、助造《すけぞう》、忠助《ちゅうすけ》、乙吉《おときち》……。長屋の連中が、心張り棒や天秤棒などを手にして走ってくる。茂次の叫び声を聞いて、家から飛び出してきた連中である。

　このとき、菅井は柳の幹に身を隠すようにして立っていた。すでに、肩先だけでなく、右の二の腕にも斬撃を浴びていた。着物が裂け、うすい血の色があったが、かすり傷である。

「菅井、観念しろ！」

　左手にまわった武士が、青眼に構えたまま間合をつめてきた。菅井の二の腕の傷も、この武士によるものである。

「三人がかりでなければ、おれは斬れんか」

　菅井が顔をしかめて言った。肩先に疼痛《とうつう》があった。着物が血で蘇芳《すおう》色に染まっている。

「助太刀はいらぬ。おれひとりで十分だ」

　青眼に構えた武士が、低い声で言った。

「ならば、勝負しろ」

　菅井は、すこしでも時間を引き延ばそうとしたのである。

「木の陰に隠れていたのでは、勝負もできんな」

　武士の口元がゆるみ、白い歯が覗いた。笠をかぶっていて顔は見えなかったが、笑ったらしい。

「よし、勝負だ!」

菅井はゆっくりとした動きで、柳の樹陰から出た。

武士との間合は、およそ三間半。菅井は右手を刀の柄に添え、居合腰に沈めた。

対する武士は青眼に構え、切っ先を菅井の喉元につけている。剣尖に、そのまま喉を突いてくるような威圧がある。

対峙した菅井と武士の眼前を、雨が横殴りに降っている。

ズッ、ズッと、爪先を摺るようにして、武士が間合をせばめてきた。

菅井は動かない。抜刀体勢をとったまま、武士との間合と斬撃の起こりを読んでいる。

あと一歩で、居合の抜刀の間合に入る、とみたときだった。

「菅井!」

と、いう叫び声が聞こえた。

つづいて、雨音のなかに、菅井の旦那! 助けにきやしたぜ! いま行きやす! などという叫び声が一斉にひびいた。源九郎や長屋の連中が駆け付けたのだ。

そのとき、対峙した武士の網代笠が揺れた。叫び声のした方に顔をむけたのである。この一瞬の隙を菅井がとらえた。

イヤアッ！

裂帛《れっぱく》の気合を発し、菅井が体を躍らせた。

刀身の鞘走る音がし、閃光が逆袈裟にはしった。迅い！　居合の抜きつけの一刀である。

だが、間合が遠かった。

バサッ、と武士のかぶっていた網代笠が縦に裂けた。

武士の顔が見えた。面長で、鼻梁《びりょう》が高い。歳は四十がらみであろうか……。

武士はすばやく後じさり、菅井との間合をとると、あらためて青眼に構えなおした。その切っ先がかすかに揺れている。動揺しているようだ。源九郎や長屋の連中が、間近に迫ってきたのだ。

「ま、待て！　わしが、相手だ」

源九郎の声がすぐ近くで聞こえた。大勢の足音が、迫ってくる。

武士が構えをくずし、さらに後じさって菅井との間合をあけると、

「邪魔者が入った。引け！」

と声を上げて、反転した。

右手にいた武士と左手後方にいた巨漢の武士がきびすを返し、正面にいた武士の後を追って走り出した。

「た、助かった……」

菅井は刀をひっ提げたまま通りのなかほどに出てきた。

そこへ、源九郎が駆け寄ってきた。ハァ、ハァ、と荒い息を吐き、苦悶《くもん》するように顔をゆがめている。走りづめで来て、胸が苦しいらしい。

「す、菅井、き、斬られたのか……」

源九郎が喘《あえ》ぎながら訊いた。血に染まった菅井の肩先や二の腕を見たのである。

「なに、かすり傷だ」

かすり傷ではなかったが、命にかかわるような傷ではない、と菅井はみていた。

源九郎につづいて、島田、茂次、三太郎、さらに長屋の男たちが菅井のそばに駆け寄ってきた。

「菅井の旦那が、斬られた！」

茂次が声を上げ、つづいて、「てえへんだ！　菅井の旦那がやられた」、「鬼みてえな顔をしてる！　血まみれだ」などという声が、次々に上がった。長屋の男たちが、心配そうな顔をして菅井に目をむけている。

「騒ぐな、かすり傷だ。……ともかく、長屋に帰るぞ」

菅井が大声で言って、歩きだした。

「たいした傷ではないようだ」

源九郎が言うと、集まった男の顔に安堵《あんど》の表情が浮いた。

降りしきる雨のなかを、源九郎をはじめとする長屋の男たちが菅井を取りかこむようにしてついていく。

四

源九郎と孫六は、千住街道を浅草寺の方にむかって歩いていた。ふたりは浅草諏訪町に住む岡っ引きの栄造を訪ねるつもりだった。栄造から、黒鬼党に対する町方の探索の様子を訊いてみようと思ったのである。

千住街道は賑わっていた。様々な身分の老若男女が行き交うなかを、米俵を積んだ大八車が何台も通り過ぎていく。浅草御蔵が近いせいである。

「菅井の旦那は、寝てやすかね」

孫六が歩きながら言った。

「あの男だ。将棋盤をかかえて、島田の家へ行ってるかもしれんぞ」

菅井が黒鬼党と思われる三人に襲われ、怪我を負ってから三日経っていた。

菅井は左肩と二の腕を斬られたが、二の腕はかすり傷だった。左肩も、筋や骨に異常はないようだったが、傷が思ったより深かったので、念のため町医者の東《とう》庵《あん》を呼んで診《み》てもらった。

東庵は金創膏《きんそうこう》をたっぷり塗った布を傷口にあてがい、晒《さらし》できつく縛った後、

「四、五日、肩を動かさないようにしてることですな。出血さえとまれば大事ありますまい」

と、言い置いて帰った。

菅井は東庵に言われたとおり、肩を動かさないようにしているが、将棋ぐらいいいだろうと思っているようである。

「まったく、菅井の旦那は将棋に目がねえんだから」

孫六が、呆《あき》れたような顔をして言った。

　そんなやり取りをしながら、源九郎と孫六は浅草御蔵の前を通り過ぎ、黒船《くろふね》町《ちょう》から諏訪町に入った。

　さらに、千住街道をいっとき歩いてから、ふたりは右手の路地をまがった。その路地を一町ほど歩くと、勝栄《かつえい》というそば屋があった。栄造がお勝《かつ》という女房にやらせている店である。

　店先に暖簾《のれん》が出ていた。店はひらいているらしい。

　源九郎と孫六は、暖簾をくぐって店に入った。土間の先に板敷きの間があり、そこで客がひとりそばをたぐっていた。まだ、昼前だったので、客はひとりだけのようだ。奥の板場で水を使う音が聞こえたが、栄造とお勝の姿はなかった。

「ごめんよ。だれかいねえかい」

　孫六が声をかけた。

　すると、板場で、ハーイ、いま行きます、と女の声が聞こえ、お勝が顔を出した。

　お勝は子持縞《こもちじま》の単衣《ひとえ》に赤の片襷《かただすき》をかけていた。色白で、すこし受け口である。大年増《おおどしま》だが、何とも色っぽい。

「あら、華町の旦那と親分さん」

お勝は、源九郎と孫六のことを知っていた。孫六は岡っ引きの足を洗って長いが、お勝はまだ孫六を親分と呼んでいる。

「親分はいるかい」

孫六が訊いた。

「すぐ、呼びますよ」

そう言い残し、お勝は板場にもどった。

源九郎と孫六が板敷きの間の上がり框《がまち》に腰を下ろすとすぐ、栄造が姿を見せた。前だれをかけている。板場に入って、店の手伝いをしていたようだ。

「おそろいで、何か用ですかい」

栄造は源九郎たちのそばに来ると、前だれをはずした。

「用というほどのことではないのだ。とりあえず、そばを頼むかな」

源九郎が言うと、

「酒を一本だけ頼まァ。喉が渇いちまって……」

と、孫六が照れたような顔をして言い足した。

「お勝に、運ばせやしょう」

そう言い残し、栄造は板場にもどった。そして、お勝に話してから源九郎たちのそばに来て、上がり框に腰を下ろした。

「黒鬼党のことでな」

源九郎が小声で言った。そばをたぐっている男から離れていたが、聞こえないように気を使ったのである。

「……！」

栄造は顔をけわしくしてちいさくうなずいた。腕利きの岡っ引きらしい顔をしている。

「三日ほど前、菅井が黒鬼党と思われる三人組に襲われたのだ」

「菅井の旦那が」

栄造が驚いたような顔をした。

「幸い長屋の近くだったので、わしらが駆け付け、浅手ですんだが……。三人とも遣い手で、あやうかったのだ」

「なんで、菅井の旦那が襲われたんです？」

栄造が訊いた。

「三崎屋のかかわりと思うが、はっきりせん」

源九郎は、三崎屋に黒鬼党にそなえて警備を頼まれ、交替で寝泊まりしていることをかいつまんで話した。

「そうですかい」

栄造は驚かなかった。源九郎たちが、商家の依頼で用心棒のようなことをしているのを知っていたのである。

「このままでは、わしや孫六も命を狙われるかもしれん」

源九郎は、さらに声を低くして言った。

「それでな、黒鬼党に襲われるのを待つより、こちらから仕掛けようと思うのだ」

「何をするつもりで？」

栄造が訊いた。

「一味の住処《すみか》をつきとめ、討つなり、捕らえるなりするつもりだ」

源九郎がそこまで話したとき、お勝がそばと酒を運んできた。源九郎たちは話をやめ、お勝がその場を離れるのを待ってから、

「わしらが動くにしても、まず、町方の探索の様子を聞いてからにしようと思ってな」

と、言い添えた。

孫六はさっそく手酌で猪口《ちょく》に酒をつぎ、目を細めて飲んでいる。ただ、源九郎たちの話には耳をかたむけているようだ。

「あっしの口からは言いづれえが、みんな二の足を踏んでやしてね。相手は腕の立つ侍だし、政次の死骸《おろく》を見ちまったもんで……」

栄造が、困惑したような顔で言った。

「だが、手をこまねいて見てるわけではあるまい」

このまま江戸市中に黒鬼党の跳梁がつづけば、町方の面目は丸潰れであろう。八丁堀同心をはじめ、岡っ引きたちも何とか黒鬼党を捕縛したいと思っているはずである。

「へい、一味は徒《いたずら》牢人じゃァねえと睨んでやしてね。……それらしい侍の足取りを探して、吉原と柳橋や浅草寺界隈《かいわい》の料理屋などを当たっていやす」

栄造によると、黒鬼党の者たちは大金を手にしたはずで、吉原や料亭などに出かける者がいるのではないかとみて探っているという。

「目のつけどころはいいな」

ちかごろ、吉原や料亭などで大金を使うようになった武士を洗えば、黒鬼党がひっかかってくるかもしれない。

「それに、火盗改も動いておりやす」

栄造が声をひそめて言った。

「そうだろうな」

源九郎は、当然火盗改も黒鬼党の捕縛に乗り出すだろうとみていた。

それから、源九郎と孫六は酒を飲みながら、さらに栄造から話を訊いたが、これといった情報は得られなかった。

酒の後、そばで腹ごしらえをしてから、源九郎たちが腰を上げると、

「旦那、何かつかんだら、あっしにも知らせてくだせえ」

と、栄造が小声で言った。

「すぐに、知らせよう」

源九郎はそう言い置いて、勝栄を出た。

五

……あの構え、どこかで見たことがある。

菅井は、天井に目をむけたままつぶやいた。御舟蔵の脇で、三人の武士に襲われたとき、右手にいた武士の居合の構えを思い出したのである。

菅井ははぐれ長屋の自分の家で、寝転がっていた。やることもなく、暇だったのである。肩に傷を負って七日目だった。まだ、肩に鈍痛があったが、出血もとまり、ふだんの暮らしに支障はなかった。ただ、刀をふるうと傷口がひらく恐れがあったので、居合の見世物には出られず、家のなかでごろごろしていることが多かった。この間、一晩だけ三崎屋に泊まったが、後は菅井の代わりに源九郎が行ってくれた。

……荒巻道場の者だな。

菅井には、それしか考えられなかった。

居合の遣い手であることはまちがいない。体躯《たいく》からみて、江原ではなかった。道場主だった荒巻は、すでに死んでいるので、師範代だった柳川松左衛門か高弟の荒山彦兵衛《あらやまひこべえ》、それに重松清助《しげまつせいすけ》……。菅井の脳裏に浮かんだのは、その三人だった。江原から聞いた話では、柳川は新たに道場を建てようとして奔走しているらしいが、荒山と重松は、その後どうしているか知らなかった。

……荒山どのに、会ってみるか。

むくり、と菅井は身を起こした。

菅井は荒山の住居を知っていた。身分は軽格の御家人で、屋敷は深川菊川町《きくかわちよう》にある。横川にかかる菊川橋の近くである。菅井は荒巻道場の門弟だったころ、一度だけ荒山家を訪ねたことがあったのだ。

菅井は起き上がると、刀を差して長屋を出た。竪川沿いの通りに出ると、東に足をむけた。竪川沿いをしばらく歩き、横川に突き当たる手前の三ッ目橋を渡った。そこは深川で、菊川町はすぐである。

菅井は菊川町に入り、横川の河岸通りに出た。通りの人影は、まばらである。風があった。生暖かい南風《はえ》が、川面を渡ってくる。川面が波立ち、汀に寄せる波音が足元から聞こえてきた。

通行人が南風に逆らうように身を低くして、足早に通り過ぎていく。いっとき歩くと、前方に菊川橋が見えてきた。

……たしか、この路地だったな。

菅井は菊川橋のたもとまで来て、右手の路地におれた。路地をすこしたどると、町人地を抜けて武家地に入った。通り沿いには、大小の武家屋敷がつづいている。

……あれだ！

菅井は見覚えのある屋敷を目にとめた。

板塀をめぐらせた小体《こてい》な武家屋敷である。粗末な木戸門があった。門扉はすこしひらいている。

菅井は門前まで来てどうしたものか迷った。いきなり、荒山を訪問したら驚くのではあるまいか。七、八年前、通りで顔を合わせて立ち話をしただけで、その後は顔も見ていないのだ。それに、荒山が黒鬼党のひとりであれば、この場で斬り合いになるかもしれない。まだ、存分に刀がふるえないので、後れをとるだろう。

菅井が門前で迷っていると、ふいに屋敷の戸口の引き戸があいた。

門扉の間から見ると、小袖に角帯姿の武士が手桶を持って出てきた。荒山である。

……ちがうな。おれを襲った男ではない。

荒山は、ひどく太っていた。腹が突き出ている。ここ、七、八年の間に太ったようだ、御舟蔵の裏手で、菅井を襲ったひとりとは、まるで体軀がちがう。

荒山は手桶を提げて、庭へまわってきた。庭といっても、わずかばかりの土地に松と山紅葉《やまもみじ》が植えてあるだけである。

庭の隅に木製の台があり、数鉢の盆栽が並べてあった。松、梅、それに株立ちの雑木だった。

……水やりか。

荒山は柄杓《ひしゃく》で、手桶の水を盆栽にやり始めた。黒鬼党の悪行とはほど遠い、のんびりした暮らしぶりである。

菅井は門扉の隙間から敷地内に入ると、そのまま庭へまわった。菅井の足音に気付いたのか、荒山は柄杓を手にしたまま菅井の方へ顔をむけた。

「荒山どの、久し振りでござる」

菅井が声をかけた。

「菅井どのか」

荒山が驚いたような顔をした。

「近くを通りかかったのでな」

菅井は笑みを浮かべて、荒山に歩を寄せた。

「おぬしとも久しく会ってないが、息災そうではないか」

「おぬしもな。……あまり稽古はしてないようだな」

菅井が、荒山の太鼓腹に目をやって言った。

「まことに面目ない。道場がつぶれてしまってからは、ほとんど抜いておらんのだ」

　荒山が苦笑いを浮かべて言った。抜いていないというのは、居合の稽古をしてないという意味である。

「おれは、毎日、抜いているぞ。もっとも、銭を稼ぐためだがな」

　菅井が言った。

　荒山は、菅井が居合の見世物で銭を稼いでいることを知っていた。荒山はおおらかな人柄で、大道芸だからといって蔑視するようなことはなかった。

「金が稼げればいいではないか。幕府から扶持《ふち》を得ていても、おれのように食うのがやっとでは、生殺しのようなものだ」

　荒山が渋い顔をして言った。

「おれからみれば、うらやましいかぎりだ」

　荒山家は、たしか五十石だったはずだ。非役なので、荒山が言うとおり暮らしは苦しいのかもしれない。

「どうだ、茶でも飲んでいくか」

　荒山が手にした柄杓を手桶に入れて訊いた。

「そうもしていられないのだ。貧乏暇無しでな。……ところで、道場でいっしょだった重松どのは、どうしているかな。ここ何年も、会っていないが」

菅井が切り出した。

「おぬし、知らんのか。重松は死んだぞ」

荒山が急に声を落とした。

「なに、死んだと」

「そうだ、三年ほど前、風邪をこじらせて亡くなったようだ。道場がつぶれてから、重松とも会わなくなってな、亡くなったのを聞いたのは、一年も経ってからだ」

荒山によると、重松も御家人で、屋敷は御徒町《おかちまち》にあるという。

「重松家は、どうなった？」

「倅が継いだらしいが、おれも詳しいことは知らんのだ」

「そうか、死んだのか」

となると、御舟蔵の脇で襲ったのは重松ではないことになる。やはり、師範代だった柳川であろうか。

「師範代だった柳川どのは、どうしておられるかな」

菅井が柳川に話題を変えた。

「柳川どのは、お達者のようだ。新たに道場をひらこうとはりきっておられたが……」

荒山によると、一年ほど前に、横川の河岸通りで柳川と会って、話をしたことがあるという。

「新しい道場をな」

そのことは、江原から聞いていた。

「ああ、いっしょにいた御仁《ごじん》も、道場をひらくことに手を貸すような口振りだったぞ」

荒山が言った。

「いっしょにいた御仁とは？」

「名は知らぬ。大柄で、熊のような男だ」

「熊のような男だと」

菅井は、襲撃した三人のなかの左手に立った男を思い浮かべた。巨漢で、熊のような大男だった。

「その御仁、居合を遣うのか」

「剣術も身につけているような話し振りだったが、柔術の達者らしかったな。巨体からしても、剣術より柔術だとみたがな」

「うむ……」

黒鬼党には巨漢の男がいて、掛矢を遣ってくぐり戸を破ると聞いていた。柳川といっしょにいたのは、その男ではないか、と菅井は思った。とすれば、柳川も黒鬼党のひとりとみていいようだ。

「ところで、柳川どのの屋敷を知っているか」

菅井が荒巻道場の門弟だったころ、柳川は道場に住み込んでいたのだ。

柳川は荒巻道場の住込みの弟子で、子のない荒巻の養子になって道場を継いだが、四年ほど前に荒巻道場はつぶれてしまったようなのだ。その後、柳川がどこで暮らしているのか、菅井は知らなかった。

「お師匠が亡くなった後、柳川どのがどこに住まわれているのか、おれも知らないのだ。一年ほど前、柳川どのと顔を合わせたのは、法恩寺橋《ほうおんじばし》のちかくの河岸通りだったが……」

法恩寺橋は横川にかかっている。場所は本所で、菊川町から横川沿いの道を北にむかえば、法恩寺橋のたもとに出られるはずだ。

「そうか」

菅井は、さらに大柄な武士の顔付きや年格好なども訊いてみた。

荒山によると、大柄な男の歳は三十代半ばで、赤ら顔。目鼻立ちが大きく、眉の濃い男だったという。

話が一段落すると、

「いや、すまぬ。すっかり話し込んでしまった」

菅井は、そのうち酒でも飲みながら、ゆっくり話そう、と言い残して辞去した。

六

源九郎が三崎屋の暖簾をくぐると、帳場にいた徳蔵がすぐに腰を上げて近付いてきた。顔がこわ張っている。

この日、源九郎は茂次を連れて三崎屋に来たのだ。

「番頭さん、何かあったのか」

源九郎が小声で訊いた。

「気になることがございまして」

番頭が、源九郎に身を寄せて言った。

「気になるとは？」

「船頭の六助《ろくすけ》が、店先をうかがっているうろんな侍を見たらしいです」

「いつのことだ」

源九郎の脳裏に黒鬼党のことがよぎった。

「一刻（二時間）ほど前です」

いま、暮れ六ツ（午後六時）前だった。七ツ（午後四時）前ということになろうか。

「六助は、店にいるのか」

源九郎は、六助から様子を訊いてみようと思った。

「はい、脇の桟橋におります」

三崎屋は舟で材木を運ぶために、小名木川に専属の桟橋を持っていた。店のすぐ脇である。桟橋といっても、ふだん猪牙舟《ちょきぶね》が三艘《もや》舫ってあるだけのちいさなものだった。

「呼んでくれ」

「承知しました」

番頭は、すぐに上がり框から土間に下り、戸口近くにいた手代に六助を呼んでくるよう指示した。

上がり框に腰を下ろして、いっとき待つと、手代が印半纏《しるしばんてん》に股引姿の若い男を連れてもどってきた。陽に灼けた丸顔の男である。

「六助か」

源九郎が訊いた。

「へい」

六助は、源九郎の前に立ったまま首をすくめるように頭を下げた。

「うろんな侍を見かけたそうだが、どんな、格好をしていたな」

「笠をかぶってやした」

六助が話したことによると、侍は網代笠をかぶり、小袖にたっつけ袴だったという。草鞋《わらじ》履きで、黒鞘の大小を帯びていたそうだ。

「どこで見た?」

「桟橋に下りる石段の陰から、店の方を見ていやした」

網代笠をかぶった男は、小半刻（三十分）ほど、三崎屋の店先に目をやっていたが、材木を積んだ舟が桟橋に着くと、その場を離れ、慌てた様子で大川の方へむかったという。

「あっしが見たのは、それだけで」

六助が言い添えた。

「六助、仕事にもどっていいぞ」

黒鬼党のひとりが、店を探っていたようである。

……今夜、押し入ってくるかもしれん。

と、源九郎は思った。

黒鬼党が菅井を襲ったことからみても、源九郎たちはぐれ長屋の者が、交替で三崎屋に出向いていることをつかんでいるのだ。黒鬼党は、三崎屋に警護として泊まり込んでいるはぐれ長屋の者が、二、三人にすぎないことを知っているだろう。

それに、今夜は三崎屋に押し入るのに都合がいいはずである。午後から空は雲におおわれ、強い南風が吹いていた。風音が、掛矢で戸を破る音を消すだろう。

六助が店から出て行くと、

「旦那、どうしやす」

脇に腰を下ろしていた茂次が訊いた。茂次の顔もけわしかった。六助が話したうろんな侍を、黒鬼党とつなげてみたにちがいない。

「茂次、頼みがある」

源九郎が言った。

「何です」

「長屋に走って、菅井や島田たちに、三崎屋に来るように伝えてくれ。それに、腕っ節の強いやつを四、五人いっしょにな。……ただというわけにはいくまい。ひとり頭、一分だそう」

島田も今夜だけは、三崎屋に来てもらおう、と源九郎は思った。

「へ、へい」

「それに、菅井と孫六に話して、長屋にある刀や長脇差を集めてきてくれ。ひかってさえいれば、斬れなくともいい」

刀はともかく、長脇差なら何振りか集められるだろう。

「だ、旦那、黒鬼党と長屋の合戦ですかい」

茂次が、勢い込んで言った。

「合戦せずに、すむように集めるのだ」

「どういうことで？」

茂次が小声で言った。

「耳を貸せ」

源九郎は、茂次の耳元で黒鬼党を迎え撃つ策を話した。

「そいつはいいや」

茂次が、ニヤリと笑った。そして、長屋へ、ひとっ走り行ってきやす、と言い残し、戸口から飛び出していった。


六ツ半（午後七時）ごろであろうか。はぐれ長屋から来た男たちが、三崎屋に集まっていた。すでに、表の大戸はしめてあったので、脇のくぐり戸から入り、土間に顔をそろえたのだ。

東五郎や家族、それに店の奉公人たちは、まだ二階や奥の部屋にいたが、黒鬼党があらわれれば、裏手から逃げ出す手筈《てはず》になっていた。逃げる先も、決めてあった。当初は土蔵を考えていたが、土蔵まで一味が来ないともかぎらないので、裏路地をたどって大川沿いの船宿へ逃げ込む手筈になっていた。むろん、その間、源九郎たちが一味を引きつけておくことになっている。

店のなかは暗かった。帳場の両脇に行灯《あんどん》があり、灯《ひ》が点《とも》っていたが、帳場と土間がひろくて隅まで明かりがとどかないのだ。その薄闇のなかに、源九郎、菅井、島田、孫六、茂次、三太郎、それに助造、忠助、乙吉、辰次《たつじ》の姿があった。男たちの顔がこわばり、目だけが闇のなかでうすくひかっている。手に手に古い刀や長脇差などを持った姿は、まるで合戦前の雑兵のようである。

「よいか、黒鬼党を脅すだけだぞ。わしが、逃げろと言ったら、裏手から逃げるのだ。茂次が一味の手がとどかないところへ、連れていくことになっているからな」

源九郎が声を張り上げた。

「旦那、あっしらも斬り込みやすぜ」

助造が、ひき攣《つ》ったような声で言った。

「斬り込んではならん。逃げるのも、策のうちだ」

源九郎が、叱咤《しった》するように言った。黒鬼党相手に、斬り込んだら皆殺しになる。

「承知しやした！」

忠助が声を上げると、男たちがいっせいにうなずいた。

七

風が強くなった。ひゅうひゅうと、強風が人影のない町筋を吹き抜け、店の大戸をガタガタと揺らしている。

「まだ、来んな」

菅井が大戸の節穴から外を覗いて言った。

町木戸のしまる四ツ（午後十時）を過ぎていた。まだ、黒鬼党は姿を見せなかった。三崎屋の店のなかには、源九郎たち十人が集まっていた。

帳場の両隅に行灯が置かれ、淡いひかりがぼんやりと源九郎や茂次たちを浮かび上がらせている。

すでに、男たちは戦いの身支度をととのえていた。源九郎、菅井、島田の三人は、襷で両袖を絞り、袴の股だちをとっているだけだが、茂次や孫六たちは鉢巻に襷がけで、裾高に尻《しり》っ端折《ぱしょ》りしていた。しかも、脇差や刀を腰に差している。

一方、東五郎の家族と奉公人たちは、裏口のそばの部屋に集まっていた。賊が仕掛けてきたら、すぐに裏口から逃げ出す手筈になっているのだ。

「来るのは、これからだ」

源九郎は、黒鬼党が押し入ってくるのは、子《ね》ノ刻（午前零時）過ぎだろうとみていた。

時が、刻々と過ぎていく。

「まだか」

茂次が苛立《いらだ》ったように言った。

子ノ刻ちかくになったが、まだ黒鬼党は姿を見せない。強風が軒下を吹き抜け、大戸を激しくたたいていく。

男たちは、薄明りのなかで息をつめ、目ばかりひからせていた。

「一杯やりながら、待つ手もあったな」

そう言って、孫六が乾いた唇を舌で嘗《な》めたときだった。

源九郎は風音のなかに、ヒタヒタと近付く足音を聞いた。複数の足音である。

「菅井、来たようだぞ」

源九郎が小声で言った。

「来たか！」

菅井があらためて節穴から外を覗いた。

「おい、灯が見えるぞ。提灯《ちょうちん》だ。黒ずくめの者が、数人いる。……店の方に近付いてくるぞ」

菅井が、外を覗きながら言った。

「よし、手筈どおり刀と脇差を抜いて、位置につけ」

源九郎が、茂次たちに言った。

その声で、茂次や孫六たち七人が、刀と脇差を抜いた。そして、七人が三人と四人の二手に分かれ、帳場の両脇に置いてあったふたつの行灯を後ろにして集まった。

七人の男の姿は黒くぼんやりと霞み、手にした刀が行灯の灯に浮かび上がったように見えた。

「もうすこし離れて、脇差がひかるようにしてくれ」

源九郎が男たちに言った。

すぐに、七人の男たちは源九郎に言われたように動いた。

「いいぞ、これなら、刀を手にした男たちが大勢集まっているように見える」

黒鬼党の者たちが外から覗いたとき、店のなかで刀を手にした男たちが二、三十人、待ち伏せしているように見えるだろう。槍があればもっと効果的だが、そこまでは用意できない。

さらに、源九郎、菅井、島田の三人が、別の場所から黒鬼党を攻撃する手筈になっていた。黒鬼党は混乱し、店への侵入を諦めて逃走するはずだ。

「来るぞ、来るぞ！」

菅井が上ずった声を上げた。

源九郎も、大戸の節穴から外を覗いてみた。提灯の明かりが見える。そのまわりに黒い人影があった。提灯を風から守るように三方に立って、店の軒下に近付いてくる。男たちは黒ずくめだった。

……黒鬼党だ！

いずれも、鬼面をかぶっていた。まさに、黒鬼である。

「おい、六人いるぞ」

菅井が小声で言った。

……小柄な男がいる！

一瞬、菅井の脳裏に江原のことがよぎった。六人のなかに小柄な武士がいた。その体軀が、江原と似ているような気がした。ただ、夜陰のなかで、はっきりしない。

源九郎はあらためて黒い人影に目をやった。なるほど、六人いる。提灯をかこむように三人立ち、その後ろに三人いた。いずれも武士らしく、たっつけ袴に草鞋履きで、刀を差している。

……ひとり増えたらしい。

黒鬼党は五人だと聞いていたが、六人いる。

六人は三崎屋の軒下に来ると、くぐり戸の方へ集まった。ひとり巨漢の男がいた。手に掛矢を持っている。

「やれ！」

一味のひとりが、声をかけた。

すると、巨漢の男がくぐり戸の前へ出てきて、掛矢を振り上げた。

ドカッ！　と大きな音がひびき、くぐり戸だけでなく近くの大戸まで揺れた。

だが、くぐり戸は破れなかった。柱ほどもある角材が何本も、くぐり戸に打ち付けてあるのだ。東五郎が大工に頼んで、くぐり戸を頑強に造り変えたのである。

ドカッ、ドカッ、と三度つづけて大きな音がし、くぐり戸や大戸が激しく揺れたが、破れなかった。わずかに、くぐり戸の古い板が剝《は》がれ落ちただけである。

「だめだ。この戸は、掛矢では破れぬように造り変えてある」

巨漢の男が言った。

「小賢《こざか》しいわ。そんなことで、おれたちの侵入を防ぐつもりか。……よし、大戸をぶち破れ」

五人の背後にいた中背の男が言った。この男が、一味の頭格らしかった。

巨漢の男は、掛矢を手にしたままくぐりの近くの大戸に近付いた。

……くるぞ！

源九郎は大戸に近付き、刀を抜いた。

菅井と島田も刀を抜き、近くの大戸に身を寄せた。

ガシャ、と大きな音がひびき、大戸の板が破れて縦に大きな穴ができた。巨漢の男が掛矢をふるったのである。

「灯が見える！」

巨漢の男が言った。破れた大戸の穴から、帳場に置かれた行灯の灯が見えたらしい。

巨漢の男が大戸に近付いた。穴からなかを覗こうとしている。

源九郎は、刀身の切っ先を大戸にむけて身構えた。

「だれか、いるぞ。大勢だ！」

巨漢の男が、叫んだ。

瞬間、源九郎が巨漢の男を狙って刀身を大戸に突き刺した。

ギャッ！

叫び声を上げ、巨漢の男が掛矢を落として身をのけ反らせた。着物の肩先が裂けている。源九郎のはなった突きが、男の肩先をとらえたのだ。

「どうした！」

巨漢の男のそばにいたふたりが、大戸に近寄った。一瞬、何が起ったか分からなかったらしい。

つづいて、菅井と島田が手にした刀で大戸を突き刺した。だが、切っ先は近付いたふたりにとどかなかった。間が遠過ぎたのである。

ふたりの男は、後ろに飛び退《の》いた。鬼面をかぶっていたので、顔は見えなかったが、驚いたようだ。

「待ち伏せだ！」

飛び退いたひとりが、大声で叫んだ。

その叫び声で、行灯のまわりにいた茂次や孫六たちが、いっせいに動いた。その拍子に、手にした刀身と人影が揺れた。茂次たちは、その場から逃げ出そうとして身構えたのである。

「なかに、大勢いる。伏兵だ！」

別のひとりが、甲走った叫び声を上げた。大戸の裂けた穴から、揺れてにぶいひかりをはなつ何本もの刀身が見えたのである。

「なに、伏兵だと」

長身の男が、大戸に近付いた。

すかさず、菅井が大戸越しに、突きをみまった。

一瞬、長身の男は後ろに跳んだ。俊敏な反応である。剣の遣い手なのであろう。

「三十人はいるぞ！」

長身の男が、叫んだ。

男たちの背後にいた頭格の男は黙したまま立っていたが、

「引け！　今夜は、これまでだ」

声を上げて、きびすを返した。

すると、他の五人も大戸の近くから後じさり、反転して夜陰のなかに走りだした。

「逃げたぞ！」

菅井が声を上げたとき、行灯のそばにいた助造たち二、三人が、慌ててその場から逃げだそうとした。菅井の声を、逃げろ、と聞き間違えたようだ。

「逃げんでもいい。……むこうが、逃げだした」

源九郎が、笑みを浮かべて言った。

行灯のそばに集まっていた茂次たちから、ワアッという歓声があがった。両手を突き上げたり、飛び上がったりしている。まるで、勝鬨《かちどき》のようである。

第四章　自　害

一

「どうした、菅井、やる気がないのか」

源九郎が訊《き》いた。

「そんなことはない」

菅井が、ぼそっと言った。

源九郎の部屋で、将棋を指していたのだ。脇で、島田が観戦している。

今朝は朝から曇天だった。雨ではなかったが、菅井は、すぐに降ってくる、と決め込んで、将棋盤を抱えて源九郎の家にやってきたのだ。

源九郎と菅井が将棋を指し始めて小半刻（三十分）ほどしたとき、島田が顔を出した。三人とも暇を持て余していたのである。

ここ十日ほど、源九郎たちは三崎屋に行かなかった。長屋の男たちの手を借りて黒鬼党を追い払い、これで三崎屋に手を出すことはないだろうとみたのである。もっとも、何かあれば、すぐに三崎屋から知らせに来ることになっていた。

ふたりで将棋を指し始めてまだ一局目だったが、菅井は妙に静かだった。いつもの意気込みが感じられない。

「腹でも痛いのか」

源九郎が、さらに訊いた。

「いや、別に……」

菅井は何も言わなかったが、江原のことが気になっていたのである。

黒鬼党が三崎屋に押し入ろうとしたとき、菅井は節穴から外を覗いた。そのとき、提灯《ちょうちん》の明かりにぼんやりと浮かび上がった六人の姿を見たのである。

六人のなかに、小柄な男がいた。夜陰のなかにぼんやりと見えただけだが、……江原ではあるまいか。

と、菅井は思ったのだ。

師範代の柳川は、黒鬼党のひとりらしかった。その柳川に、江原は道場の指南役にと誘われていた。江原が柳川をとおして、黒鬼党にくわわった可能性は高かった。それに、黒鬼党はこれまで五人だと目されていた。ところが、三崎屋にあらわれた一味は六人だったのである。

……江原が新たにくわわったからだ。

と、菅井はみたのである。

「王手だ」

菅井が、源九郎の王の前に金を打った。

「菅井どの、その金、ただでくれてやるだけですよ」

島田が驚いたような顔をして言った。

「金など、欲しければくれてやる」

菅井が他人事のように言ったときだった。

腰高障子があいて、茂次が飛び込んできた。

「黒鬼党ですぜ！」

いきなり、茂次が声を上げた。

「三崎屋に押し入ったのか」

源九郎が訊いた。

「三崎屋じゃァねえんで。船問屋の市橋屋《いちはしや》でさァ」

「市橋屋だと。小網町《こあみちょう》か」

源九郎は、日本橋小網町に市橋屋という船問屋があるのを知っていた。ただ、店の前を通ったことがあるだけで、あるじの名も知らない。

「へい」

「市橋屋なら、わしらとかかわりはない」

源九郎は驚かなかった。そのうち、黒鬼党は別の店に押し入るのではないか、とみていたのである。

「それが、黒鬼党のひとりが殺《や》られたらしいんでさァ。船頭たちが、仲間割れだと言ってやしたぜ」

茂次が上ずった声で言った。

「おまえ、小網町に行ってきたのか」

「へい、仕事で松村町《まつむらちょう》に行ってやしたんで」

茂次が照れたような顔で言った。

日本橋松村町は両国橋を渡った先である。小網町までかなりあるが、茂次は黒鬼党が押し入ったことを耳にして足を運んだらしい。

菅井と島田は、顔を茂次の方にむけたが、すぐに立ち上がろうとはしなかった。

「番頭と女中も、殺られていやすぜ」

さらに、茂次が言った。

「茂次、仲間割れらしいと言ったが、殺られたのは武士か」

菅井が訊いた。

「そのようでさァ。あっしは見なかったが、首を斬られてたようですぜ」

「なに、首だと」

菅井の脳裏に、戸田屋の番頭の豊造と岡っ引きの政次の死顔が浮かんだ。

ふたりとも首を斬られていたが、下手人は居合の遣い手にちがいない、と菅井はみていた。黒鬼党の居合の遣い手となると、頭に浮かぶのは柳川である。もしかしたら、江原が兇刃《きょうじん》をふるったのかもしれない。

「行ってみよう」

菅井は、いきなり将棋盤の駒を掻《か》き混ぜた。

「お、おい、将棋は」

源九郎が驚いたような顔をして菅井を見た。

「黒鬼党があらわれたのだ。将棋をやっているわけにはいかんだろう」

すぐに、菅井が立ち上がった。

「勝手なやつだ」

仕方なく、源九郎も腰を上げた。

「わたしも、行きましょう」

島田も、源九郎につづいた。もっとも、源九郎の家に島田だけ残るわけにはいかなかったのである。

茂次、菅井、源九郎、島田の四人は、戸口から外へ出た。空は雲におおわれていたが、雨の降りそうな雲行きではなかった。だいぶ明るくなり、西の空には、かすかに陽の色もある。

源九郎たち四人は大川にかかる両国橋を渡り、日本橋の町筋を小網町へとむかった。

二

源九郎たちは、日本橋の町筋を抜けて日本橋川沿いの道に突き当たると、川下に足をむけた。

小網町と対岸の八丁堀を結ぶ鎧《よろい》ノ渡《わたし》を過ぎて間もなく、

「あの店でさァ」

茂次が前方を指差した。

半町ほど先に、大店《おおだな》らしい土蔵造りの二階建ての店舗があった。市橋屋である。店先に、人だかりができていた。日本橋川には魚河岸と米河岸があり、印《しるし》半纏《ばんてん》姿の船頭や天秤をかついだぼてふりなどが目についた。

源九郎たちは、店先の人だかりに近付いた。市橋屋の大戸はしまっていたが、脇の戸の二枚だけがあいていた。そこから、店に出入りしているらしい。

「どいてくんな」

茂次が野次馬たちを押し退《の》けて前に出た。

その茂次の後ろから、源九郎たちも戸口の前まで出てきた。隅のくぐり戸が破られている。黒鬼党の巨漢の男が掛矢《かけや》をふるって壊したのであろう。

戸口のなかは薄暗かったが、土間やその奥の板敷きの間に立っている人影が見えた。十数人はいようか。店の奉公人や岡っ引きたちらしい。板敷きの間が帳場になっているようだ。

「旦那、村上の旦那がいやすぜ」

茂次が店のなかを覗きながら言った。

南町奉行所、定廻り同心の村上である。源九郎にも、板敷きの間に立っている村上の後ろ姿が見えた。

村上はうつむいていた。足元に、人影が横たわっている。そこに、死体があるらしい。

「おい、入るぞ」

そう言って、菅井が戸口に近付いた。

源九郎たち三人は、慌てて菅井の後に跟《つ》いていった。

菅井は戸口にいた岡っ引きらしい男に、

「南町奉行所《みなみ》の村上どのと、懇意にしている者だ」

と声をかけ、ずかずかと店内に入っていった。

戸口にいた岡っ引きらしい男は怪訝《けげん》な顔をしたが、何も言わずに菅井たちを通した。

ひろい土間だった。十数人の男が立っていた。店の奉公人、船頭、それに岡っ引きや下っ引きたちである。

土間の先にひろい板敷きの間があった。隅に帳場格子があり、帳場机や小箪笥《こだんす》などが置いてある。その帳場格子の前に、村上が立っていた。足元に横たわっている死体に目をむけている。黒鬼党に斬られた者らしい。

横たわっている男は、黒装束だった。俯《うつぶ》せに倒れた男の腰から刀の鞘が立っていた。脇に、鬼面が落ちている。男は小柄だった。

……江原ではないか！

一瞬、菅井の顔がこわばった。

菅井は板敷きの間に上がると、ずかずかと村上に近付いた。

村上が振り返った。近付いてくる菅井の足音を耳にしたらしい。

「す、菅井どのか……」

村上が喉につまったような声で言った。菅井を見たまま、驚いたような顔をして立っている。菅井の顔が異様だったからだ。肩まで垂れた総髪が乱れ、顔がこわばり、目がつり上がっている。

「村上どの、死骸《ほとけ》を見せてくれ」

菅井が怒ったような声で言った。

「か、かまわんが……」

村上は菅井の剣幕に圧倒されたのか、すこし身を引いた。

菅井は横たわっている死体の脇へ立つと、首を伸ばし、横をむいている死体の顔を覗き込んだ。

「江原……!」

菅井の顔がゆがみ、凍りついたようにその場につっ立った。

江原だった。江原は首筋を斬られて死んでいた。頭巾の黒布が裂け、顎から頬にかけて黒ずんだ血に染まっている。戸田屋の豊造の刀傷とそっくりである。

……居合による傷だ!

と、菅井は直感した。

江原を斬った下手人は、柳川にちがいない、と菅井は確信した。それにしても、江原が黒鬼党のひとりだったとは……。菅井の胸に、言いようのない強い憤怒と悲哀が衝き上げてきた。

菅井が蒼ざめた顔でつっ立っていると、

「菅井どの、この男を知っているようだな」

と、村上が訊いた。菅井にむけられた村上の双眸《そうぼう》に、鋭いひかりがあった。やり手の町方同心らしい凄《すご》みのある顔にもどっている。

「知らぬ」

菅井は、江原のことを話せなかった。脳裏に、病《やまい》で臥《ふ》せっている江原の妻女のことがよぎり、江原の名を口にできなかったのである。

「いま、江原と言ったようだが」

村上が、心底を探るような目で菅井を見た。

「む、むかしの道場の仲間に、江原という男がいたのだ。その男と顔が似ているような気がしたが、どうやらちがうようだ」

菅井は声をつまらせて言った。

「そうか」

村上は不審そうな顔をしたが、それ以上は訊かなかった。

「この男、黒鬼党のようだが、だれが斬ったのだ」

菅井は、茂次から仲間割れのようだと聞いていたが、あえて村上にそう訊いた。

「仲間割れのようだ」

村上が素っ気なく言った。

「どうして、仲間割れと分かったのだ」

さらに、菅井が訊いた。

「梅助《うめすけ》ってえ丁稚《でっち》が、斬られるところを見てたらしい」

村上はそれだけ言うと、探索の邪魔になるんで、下がってくれ、と菅井に小声で言った。

すぐに、菅井は身を引いた。これ以上、江原の死体を見ていても仕方がないのである。

菅井が土間へ下りると、源九郎、島田、茂次の三人が、すぐに近付いてきた。

「菅井、斬られた男を知っているな」

源九郎が菅井に身を寄せ、小声で訊いた。

「ああ」

菅井は否定しなかった。源九郎には話しておこうと思ったのである。

「どういうかかわりだ」

「むかし、道場で同門だった男だ」

「斬った者にも、心当たりがあるのではないか」

「ある」

だが、柳川と断定はできなかった。

「やはり、居合とかかわりのある者だな。首の刀傷は、居合によるものとみたのであろう」

「まァ、そうだ」

　さすが、華町は炯眼《けいがん》だ、と菅井は思った。首の斬り傷が、居合によるものだと看破したらしい。

「柳川松左衛門。荒巻道場の師範代だった男だ」

　むかしのことだが、菅井は源九郎に荒巻道場のことを話したので、覚えているはずである。

「居合の遣い手だな。……黒鬼党はみな剣の遣い手らしいが、どういうつながりであろうな」

　源九郎がけわしい顔をして言った。

「……」

　菅井は黙っていた。菅井は、江原から武芸指南所を建てる話を聞いていたので、指南所にかかわる者たちではないかと推測したが、まだはっきりしたことは言えないのである。

「いずれにしろ、梅助という丁稚から話を訊いてみよう」

　源九郎は、菅井と村上のやり取りを聞いていたらしい。

三

「梅助か」

菅井が、念を押すように訊いた。

帳場のそばから土間へ下りた菅井は、土間の隅にいた手代に、丁稚の梅助を呼んでくれと頼んだのだ。

手代はすぐに梅助を呼んできた。手代は、菅井が死体のそばで村上と話していたのを見ていて、菅井を町方とかかわりのある男と思ったらしい。

「は、はい」

梅助は怯《おび》えたような顔をして、菅井に目をむけた。

梅助はまだ十五、六に見えた。色白の男で、顔付きに子供らしさが残っている。

「黒鬼党のひとりが、斬られたのを見たそうだな」

菅井が帳場のそばに横たわっている死体に目をやりながら訊いた。

「み、見ました」

「そのときの様子を話してみろ」

「か、厠《かわや》に、起きたとき……」

梅助が、震えをおびた声で話しだした。

夜更《よふけ》なので、何時《なんどき》ごろか分からなかったが、丁稚部屋に寝ていた梅助は、厠に起きて用をたした。厠から自分の部屋にもどろうとしたとき、店先の方で大戸に何か当たったような大きな音が聞こえた。

昨夜は風が強かったので、梅助は風に吹き飛ばされた物が戸に当たったのではないかと思ったが、つづいて板が割れたような大きな音が聞こえたので、暗い廊下を手探りで表へ出てきた。

土間のところで、ぼんやりとした明かりが見えた。提灯である。その提灯の明かりのなかに、いくつもの黒い人影が立っていた。

……鬼！

梅助は、ギョッとしてその場に立ちすくんだ。提灯の明かりのなかに、鬼の顔がいくつも浮かび上がっていたのである。

梅助はあまりの恐怖に声も出ず、凍りついたようにその場につっ立っていたが、話に聞いていた黒鬼党のことが頭をよぎった。

……逃げなければ、殺される！

と、梅吉は思った。

逃げようとしたが、体が瘧慄《おこりぶる》いのように激しく顫《ふる》えだし、足が思うように動かなかった。それでも這《は》うようにして、板敷きの間から丁稚部屋へつづく廊下のところまで来た。

そのとき、廊下を歩く足音がし、

「こんな夜更に、何をしてるんですか」

と、眠そうな女の声が聞こえた。

「だれなの、帳場にいるのは」

住込みの女中、おさわだった。表の物音を耳にし、女中部屋から様子を見に来たらしい。

おさわは、押し込みだと思わなかったようだ。廊下から、板敷きの間まで足音をひびかせて入ってきた。

梅助は、慌てて板敷きの間の隅に置いてあった簞笥の後ろにもぐり込んだ。帳簿類、算盤《そろばん》、印鑑などをしまう簞笥で、板壁との間にすこし隙間があったのだ。

「斬れ！」

賊のひとりで、中背で腰の据わった男が、そばにいた小柄な男に命じた。

「おれは、ごめんだ。女は斬りたくない」

小柄な男が言った。

そのとき、おさわは、

「鬼ィ……！」

と、喉を裂くような声を上げ、その場にへたり込んだ。提灯の明かりのなかに浮かび上がった黒鬼党の男たちの姿を見て、腰を抜かしたらしい。

それでも、おさわは床に両手をつくと、ヒイイッ、という喉の裂けるような悲鳴を上げてその場から逃れようとした。

「斬らぬか！」

中背の男が、叱咤《しった》するように言った。

「おれは、女は斬らぬ！」

小柄な男が強い口調で言った。

「おぬしには、頼まぬ」

言いざま、中背の男がおさわを追いかけた。

おさわは、悲鳴を上げながら廊下を奥へと逃げていく。中背の男は、後ろからおさわを追い、刀を一閃《いっせん》させた。

にぶい骨音がし、おさわの首がかしいだ。次の瞬間、おさわの首から血が飛び散った。かすかな提灯の灯《ひ》のなかに、噴出した血が黒い驟雨《しゅうう》のように見えた。

「こ、怖くて、顫えていました」

梅助が顫えながら言った。そのときの恐怖がよみがえったらしい。

「その賊だが、刀を抜いて、おさわを追ったのか」

菅井が訊いた。

「いえ、抜かずに追い、おさわさんを斬るとき抜いたようです」

梅助が、闇のなかに、刀身のひかりが流れたのを見た、と言い添えた。

……居合だ！

と、菅井は察知した。

「それで、どうしたのだ」

菅井は話の先をうながした。

「おさわさんを斬った男は、帳場へもどってきました」

梅助が話をつづけた。

中背の男は、小柄な男の前に立ち、

「おぬしを仲間にくわえることはできんな」

と、低い声で言った。

一瞬、小柄な男が身を引き、腰の刀に右手を添えた。

刹那《せつな》、中背の男の腰元から閃光がはしった。次の瞬間、小柄な男は身をのけ反らせ、後ろによろめいた。その首根から、血が飛び散った。

小柄な男は、夜陰のなかに沈み込むように転倒した。悲鳴も呻《うめ》き声も聞こえなかった。中背の男は一撃で斃《たお》したのだ。

小柄な男の首筋からの噴血が床板を打っていた。その音が、梅助の耳に、闇のなかに棲《す》む魑魅魍魎《ちみもうりよう》の気味悪い笑い声のようにひびいた。

梅助は強い恐怖に襲われた。それでも、箪笥の陰に身を隠したまま黒鬼党を見つめていた。外に出れば、斬り殺される、と分かっていたのだ。

菅井は梅助の話を聞き、

……江原を斬ったのは、柳川だ！

と、確信した。

菅井が虚空を睨むように見すえたまま口をとじると、

「その後、番頭も殺されたそうだな」

と、源九郎が訊いた。

「はい、番頭さんは、おさわさんの悲鳴を聞いて、帳場へ出てきたようです」

梅助によると、番頭の名は源兵衛《げんべえ》で、番頭部屋は奥にあるという。

源兵衛は廊下から帳場に出てきたところを別の賊に、刀を突き付けられて抑えられたそうである。

黒鬼党は源兵衛をすぐに斬らなかった。刀で脅して、内蔵にしまってあった金を出させたという。

「番頭さんは、内蔵の前で斬られていました」

梅助が顔をゆがめ、泣きだしそうな顔をして言い添えた。どうやら、番頭は内蔵をあけさせられた後、用済みになって殺されたようだ。

「そうか」

源九郎が小声で、もどってもいいぞ、と梅助に言った。

四

……千佳どのは、どうしたろう。

菅井は長屋の座敷に横になり、天井に目をむけたままつぶやいた。

江原が、小網町の市橋屋で斬殺されて五日経っていた。菅井は後に残された病身の千佳が気になってしかたがなかった。千佳が、あまりに哀れだった。病身の千佳を支えるのは、江原しかいなかった。その江原が黒鬼党のひとりとして、押し入った先で斬り殺されたのである。

……様子を見に行ってみるか。

菅井は身を起こした。

千佳に対して、何かしてやれることがあるのではないか、と菅井は思ったのである。

風があった。上空を黒雲が流れている。五ツ（午前八時）ごろだった。長屋はひっそりとしていた。亭主たちは仕事に出かけ、女房たちは朝餉《あさげ》の片付けを終えて、一休みしているころだった。赤子の泣き声や子供の笑い声などが、どこかの家から聞こえてくるだけである。

菅井は足早に路地木戸をくぐり、回向院の脇を通って大川端へ出た。そして、大川沿いの道をしばらく歩き、竹町の町筋に出た。

いっとき歩くと、見覚えのある八百屋があった。店の脇に、長兵衛店につづく路地木戸がある。

菅井は路地木戸をくぐり、井戸端まで来た。井戸端にはだれもいなかった。長屋全体が妙に静かである。

……何かあったかな。

菅井は周囲に目をくばった。この前来たときと、長屋の雰囲気がちがう。暗く沈んでいるような感じがした。

そのとき、下駄の音がした。見ると、女房らしい女が手桶を提げて、井戸の方へ歩いてくる。色の浅黒い面長の女だった。

女は井戸端に立っている菅井を見て、ギョッとしたように立ち竦《すく》んだが、顔をこわばらせたまま近付いてきた。

「ちと、訊きたいことがあるのだがな」

菅井は笑みを浮かべて猫撫《ねこな》で声を出した。

「な、なんです？」

女は足をとめた。手にした手桶が、かすかに震えている。

「この長屋に、江原新八郎どのがおられたな」

菅井が、切り出した。江原が斬り殺されたことは口にしなかった。

「な、亡くなりましたよ」

女は顔をゆがめた。困惑と苦悶《くもん》がいっしょになったような顔である。

「亡くなられたのか」

菅井は、驚いたような顔をして見せた。

「それで、千佳どのは、どうされているのだ」

菅井が訊きたかったのは、千佳のことである。

「ち、千佳さんも、亡くなりましたよ」

女が泣きだしそうな顔をして言った。

「なに、亡くなっただと」

驚いて、菅井が聞き返した。

「は、はい、昨日……」

「病か」

「それが、自害されたんです」

「自害……！」

菅井は、息を呑んだ。

すぐに、菅井は自害した千佳の胸の内を察した。おそらく、江原の後を追ったのであろう。病身の千佳には、自害するより他に道がなかったのだ。

「の、喉を短刀で突いて……」

女が声を震わせて言った。

「そうか。……足をとめさせて、すまなかったな」

菅井は肩を落として、江原の家の方に歩いた。

家の前に人だかりができていた。女房らしき女、職人ふうの男、年寄り、子供たち……。長屋の住人たちである。みんな暗い顔をして立っていた。

菅井は、人だかりの後ろに身を寄せた。何人かが、菅井を見て怪訝な顔をしたが、何も言わなかった。江原家とかかわりのある者と思ったのかもしれない。

菅井は、集まった人々の肩越しに家のなかを覗いてみた。十人ほどの男女がいた。何か話し合ったり、部屋の片付けをしたりしている。いずれも、長屋の住人らしい。

黒羽織姿の年配の男が、部屋の隅で集まった者たちに何やら指図していた。大家らしい。葬式の準備でもしているのであろう。

座敷のなかほどに、夜具が敷いてあり、千佳らしい女が横たわっていた。顔に白布がかけてある。身に付けているのは経帷子《きようかたびら》ではなかった。まだ、寝間着のままらしい。おそらく、千佳には、自害の前に着替える余力もなかったのだろう。

……哀れな。

菅井は、胸の内でつぶやいた。同時に、寂しい思いをして死んだ妻のおふさのことが脳裏をよぎった。

そのとき、部屋の隅で長屋の住人たちに指図していた大家らしき男が、戸口から出てきた。だれか探しているのか、戸口に集まっている者たちに目をやっている。

「大家どのか」

菅井が近付いて声をかけた。

「そうですが……」

五十がらみと思われる丸顔の男だった。額に横皺があり、目が糸のように細い。人のよさそうな穏やかな顔をしている。

「それがし、千佳どのの縁者でござる。千佳どのが自害されたと聞き、立ち寄ったのでござる」

菅井は江原でなく、千佳の縁者ということにした。黒鬼党とかかわりがある者と勘繰られる恐れがあったのである。

「このようなことになりまして」

大家が涙ぐんで言った。

菅井はふところから財布を取り出すと、

「これを、千佳どのの葬式代に使っていただけるとありがたいが」

そう言って、一分銀をつかみ出した。三両ほどあろうか。

「こ、このような大金を……」

大家は驚いたような顔をした。

「使ってくれ」

菅井は大家の手に金を握らせると、すぐにきびすを返した。それ以上、この場にとどまっても仕方がないのである。

菅井は大川端に出ると、足を本所にむけた。

……おれが、柳川を斬る！

菅井は、胸の内で叫んだ。

黒鬼党を成敗するというより、江原と千佳の敵を討ってやりたかったのである。

五

源九郎は孫六とふたりで、日本橋亀井町《かめいちょう》を歩いていた。源九郎は、若いころ鏡新明智流の桃井春蔵の士学館に通っていた。そのころ同門だった秋葉伊左衛門《あきばいざえもん》が、亀井町で町道場をひらいていたのだ。

源九郎は、秋葉に、公儀が後ろ盾になって開設するという武芸指南所のことを訊いてみようと思ったのだ。それというのも、菅井から武芸指南所の話を聞き、黒鬼党は、指南所にかかわりのある者たちではないかと推測したからである。

「たしか、この辺りだったがな」

源九郎は、町筋に目をやりながらつぶやいた。

数年前、源九郎は秋葉道場の前を通りかかったおり、立ち寄って秋葉と話したが、その後この辺りに来たことがなかったのである。

「近くに、稲荷があったはずだ」

その稲荷が、なかなか見つからなかった。

「旦那、あそこに稲荷の鳥居がありやすぜ」

孫六が前方を指差した。

見ると、道沿いに稲荷の赤い鳥居があった。祠《ほこら》をかこった欅《けやき》や樫《かし》の杜《もり》が見えた。杜といっても、わずかな樹木でかこわれているだけである。

「あの稲荷だ」

たしか、稲荷の先に秋葉道場があるはずだった。

耳を澄ますと、遠方から気合や竹刀を打ち合う音などが聞こえてきた。道場の稽古の音である。

「孫六、どうするな？」

歩きながら、源九郎が訊いた。

道場内に孫六を連れていくわけにはいかなかった。何もしないで外で待っているのも退屈だろう。

「あっしは、小網町まで足を伸ばしてみやすよ」

孫六によると、市橋屋の近くで聞き込んでみるという。黒鬼党の姿を見た者がいるかもしれないというのだ。

「そうしてくれ」

「小網町から、勝手に帰《けえ》りやすぜ」

孫六は、別々に長屋へ帰るというのである。

「わしも、ここから長屋に帰る」

そう言って、源九郎は秋葉道場の前で孫六と別れた。

通り沿いから道場を見ると、道場というより商店のような構えだった。潰れた商店を改築して、道場にしたものなのだ。気合や竹刀を打ち合う音が聞こえなければ、商家と見違えるかもしれない。

玄関先に「鏡新明智流、秋葉道場」の看板がかかっていた。

源九郎は玄関を入ると、土間に立ち、

「お頼みもうす！　どなたかおられぬか」

と、声を上げた。大声でないと、稽古の音で掻き消されてしまうのだ。

すぐに、床を踏む足音がし、土間の先の板戸があいた。顔を出したのは、若い武士だった。門弟らしい。稽古中だったのか、顔が紅潮し、汗でひかっていた。

板戸の先が稽古場で、入り乱れて竹刀を打ち合っている門弟たちの姿が見える。

若い門弟は源九郎の顔を見て、怪訝な顔をした。見たこともない、老武士が立っていたからであろう。

「それがし、華町源九郎ともうす」

源九郎が名乗った。

「して、ご用の筋は？」

若い門弟が訊いた。

「秋葉どのに、お取次願いたい。……士学館で同門だった華町が来たとお伝えいただけば、分かるはずでござる」

源九郎はあえて権高な物言いをした。その方が、もっともらしく聞こえるからである。

「お待ちください……」

若い門弟は、恐縮したような顔をして慌てて身を引いた。

いっとき待つと、若い門弟が初老の武士を連れてもどってきた。秋葉である。

「華町、久し振りだな」

秋葉は相好をくずした。剣の遣い手らしい鋭い目をしているが、目を細めると好々爺《こうこうや》のような顔になる。

「稽古中か」

源九郎は、稽古が終わるまで待ってもいいと思っていた。

「いや、わしは見てるだけだ。稽古は、倅にまかせている」

秋葉の倅は洋之助《ようのすけ》という名で、剣の遣い手だった。以前、秋葉と会ったときも、稽古は倅にまかせている、と口にしていた。

「訊きたいことがあって来たのだがな」

源九郎が言った。

「ともかく、上がってくれ」

秋葉は、源九郎を道場のつづきにある小座敷に連れていった。

そこは道場に来た客を応接する座敷だった。狭いが、山水画のかかった床の間もある。

源九郎は秋葉と対座すると、

「つかぬことを訊くが、幕府が武芸指南所を建てるという話を聞いているか」

と、切り出した。

「いや、そんな話は聞いてないぞ」

秋葉は首をひねった。

「おぬしのところに、話はないのか」

「まったくない。……三日前に吉村《よしむら》に会ったが、そんな話はしてなかったな」

吉村剛蔵《ごうぞう》は老齢だが、鏡新明智流の達人で、いまでも士学館に出入りしているはずである。すでに隠居しているが、家は小身の旗本である。

「吉村どのが知らないとなると、そんな話はないのかもしれんな」

源九郎は、黒鬼党の者たちが勝手に言っているだけかもしれないと思った。

「おぬし、その話、どこで聞いたのだ」

秋葉が身を乗り出すようにして訊いた。町道場主としては、気になる話であろう。

「わしの知り合いから聞いたのだが、でたらめのようだな」

源九郎が苦笑いを浮かべた。

「そのような話があれば、まず、わしらの耳に入るはずだ」

「そうだな」

秋葉道場には幕臣の門弟が何人かいたので、武芸指南所の話はすぐに秋葉の耳に入るだろう、と源九郎も思った。

それから、源九郎は江戸の剣壇のことなどを話題にした後、

「ところで、柳川松左衛門という男を知っているか。田宮流居合を遣う男だ」

と、声をあらためて訊いた。柳川のことは、菅井から聞いていたのだ。

「知っているぞ。数年前、うちの道場に来たことがある」

秋葉が言った。

「ここに？」

「ああ、いっしょに、士学館のような大道場をひらかないかと言ってきたが、うさん臭い話なので断ったよ。……それっきり、姿を見せないがな」

「うむ……」

武芸指南所の話は、柳川から出たのかもしれない、と源九郎は推測した。

「そういえば、半月ほど前、柳川が安藤《あんどう》と歩いているのを見たな」

秋葉が言った。

「安藤という男は？」

「おぬしは、知らんか。名は安藤豊之助《とよのすけ》。剣術も遣うが、柔術も達者でな。六尺を超えるような偉丈夫《いじょうぶ》だ」

「なに、偉丈夫だと」

源九郎は、三崎屋に押し入ろうとしたとき掛矢を使った巨漢の男を思い浮かべた。

「ああ、強力の主だ」

「その男、牢人か」

「いや、幕臣だ。うちの門弟が安藤家の近くに住んでいてな。屋敷の近くで出会ったとき、話をしたことがあるのだ。二年ほど前のことで、安藤と何を話したか忘れてしまったがな」

秋葉によると、安藤は百石前後の幕臣ではないかという。

「安藤という男の屋敷は、どこにある」

源九郎が身を乗り出すようにして訊いた。

「おぬし、安藤と何かかかわりがあるのか」

秋葉が怪訝な顔をした。

「いや、わしの住む長屋の娘が、ならず者に手籠めに遭いそうになったとき、熊のような巨漢の武士に助けられたと話していたので、あるいは、安藤という御仁《ごじん》ではないかと思ったのだ」

源九郎は、黒鬼党のことを口にできなかったので、適当な作り話をした。

「屋敷は御徒町《おかちまち》だよ」

秋葉によると、安藤の屋敷は三枚橋の近くだという。三枚橋は忍川にかかる橋である。忍川は不忍池《しのばずのいけ》の落ち水が流れている。

「近くを通りかかったら、安藤どのに礼を言おう」

源九郎は、それで安藤の話は打ち切った。

それから、源九郎は小半刻（三十分）ほど秋葉と話し、

「稽古の邪魔をしてすまなかった」

と言い置き、秋葉道場を出た。

その日、源九郎ははぐれ長屋にもどり、陽が沈んでから、菅井、島田、孫六、茂次、三太郎の五人を集めて、安藤のことを話した。

六

秋葉道場に出かけた翌日、源九郎は孫六と茂次を連れて御徒町へ行くことにした。安藤が、黒鬼党のひとりかどうか確かめるためである。同行するのは孫六ひとりで十分だったが、茂次が、あっしも、お供しやしょう、と言って、跟いてきたのだ。

源九郎たち三人は両国橋を渡り、柳原通りへ出た。そして、神田川にかかる和泉橋《いずみばし》を渡った。渡った先が、外神田の佐久間町《さくまちょう》である。まっすぐ北にむかえば御徒町の町筋になり、三枚橋に突き当たる。

「旦那、もうすぐですぜ」

御徒町の通りを歩きながら、孫六が言った。

通り沿いには、御家人や小身の旗本屋敷がつづいていた。武家地だったので町人の姿はあまりなく、御家人や供連れの旗本などが目についた。

「あれが、三枚橋ですぜ」

孫六が前方を指差した。

幅二間ほどの橋である。近付いてみなければ、分からないほどのちいさな橋だった。

「この近くのはずだがな」

源九郎は通りの左右に目をやったが、安藤の屋敷がどこにあるのか分からなかった。通り沿いには、御家人や小身の旗本の屋敷がつづいている。

「旦那、中間《ちゅうげん》が来やすぜ」

茂次が通りの先に目をやって言った。

見ると、御仕着せの法被《はっぴ》姿の中間がふたり、足早に歩いてくる。

「あのふたりに、訊いてみるか」

源九郎たちは路傍に立って、ふたりの中間が近付いてくるのを待った。

「しばし、しばし」

源九郎が路傍から通りに出て声をかけた。孫六と茂次は、源九郎の脇へ立っている。

「あっしらのことですかい」

大柄の男が、訝《いぶか》しそうな目をむけた。老齢の武士とふたりの町人の組み合わせが、腑に落ちなかったのであろう。

「この辺りの屋敷に、奉公しているのかな」

源九郎が訊いた。

「へい、この先の藤堂《とうどう》さまのお屋敷で」

もうひとりの痩身の男が、前方を指差した。

源九郎は、藤堂の身分も屋敷がどこにあるのかも知らなかった。おそらく、旗本屋敷であろう。

「所用があって、安藤豊之助さまのお屋敷を訪ねてまいったのだがな。どのお屋敷か、分からんのだ」

源九郎がもっともらしい顔をして言った。

「安藤さまですか。……そこに、築地《ついじ》塀をめぐらせた旗本屋敷がありやすね」

男が、後ろを振り返って指差した。

「あるな」

指差した先に、築地塀をめぐらせた旗本屋敷があった。

「そのお屋敷の向かいに、木戸門がありやすね。そこが、安藤さまのお屋敷でさァ」

大柄な男が、あっしらは、これで、と小声で言って、歩きだした。もうひとりの男も、すぐに源九郎たちのそばを離れた。

源九郎たちは、旗本屋敷の向かいの木戸門の前まで行ってみた。板葺き屋根の粗末な木戸門で、屋敷も小体《こてい》だった。八十石ほどの御家人の屋敷であろうか。

屋敷は静かだった。物音も話し声も聞こえてこない。安藤は留守としても、家族はいるだろう。それに、下働きの者か下女ぐらいはいるはずだ。

「旦那、どうしやす」

孫六が訊いた。

「せっかく来たのだ。安藤の姿を見てみたいな」

黒鬼党が三崎屋へ侵入しようとしたおり、鬼面をかぶっていたので顔は分からないが、源九郎は巨漢の武士を見ていた。安藤の体軀《たいく》を見れば、黒鬼党のひとりかどうか分かるはずである。

「しばらく、見張りやすか」

「そうだな」

源九郎は通りの左右に目をやった。

三枚橋のそばの土手際に、松の老樹が枝を伸ばしていた。その樹陰にまわれば、身を隠せるかもしれない。それに、通りすがりの者が目にとめても、樹陰で一休みしているように見えるだろう。

源九郎たち三人は松の樹陰にまわり、土手際の叢《くさむら》に腰を下ろした。安藤の屋敷に背をむける格好になったので、三人で交替して見張ることにした。

半刻（一時間）ほど過ぎた。安藤らしき男はおろか、屋敷からだれも姿をあらわさなかった。木戸門は、とじられたままである。

陽は南天ちかくにあった。九ッ（正午）ちかくであろうか。通行人はすくなく、町筋はひっそりとしていた。

「やつは、屋敷にいるんですかね」

茂次が生欠伸《なまあくび》を噛み殺しながら言った。

「どうかな」

源九郎も、いるかいないか分からなかった。

「どこかで、めしでも食ってきやすか」

茂次が言うと、

「喉も渇きやしたぜ」

孫六が舌嘗《したな》めずりをしながら言った。孫六は、めしより酒なのである。

「そば屋にでも行って、腹ごしらえをしてくるか」

源九郎は、いつまで待っても安藤は姿を見せないのではないかと思った。

「そうしやしょう」

そう言って、茂次が立ち上がり、通りに出ようとした。

ふいに、茂次の足がとまった。

「旦那、あの男！」

茂次が声をつまらせて言った。

すぐに、源九郎は立ち上がり、通りの先に目をやった。巨漢の武士が、安藤の屋敷の方へ近付いてくる。

「あやつだ！」

源九郎は確信した。遠目でも、三崎屋で目にした巨漢の男であることが分かった。いまは羽織袴姿だったが、その体軀に見覚えがあった。まちがいなく黒鬼党のひとりである。

巨漢の武士は安藤家の屋敷の木戸門の前まで来ると、門扉をあけてなかに入った。閂《かんぬき》ははずしてあったらしい。

「旦那、大男の正体をつかみやしたね」

孫六が目をひからせて言った。

七

孫六、茂次、三太郎の三人は、三枚橋のちかくの松の老樹の陰にいた。源九郎、孫六、茂次が、この場に身をひそめて安藤の姿を目にした翌日《つ》だった。

孫六たち三人は、安藤家を見張り、安藤が姿を見せたら跡を尾けるためにこの場に来ていたのだ。

昨日、源九郎は御徒町から長屋に帰ると、菅井たちに連絡して亀楽に集まった。亀楽で酒を飲みながら、安藤をどうするか相談した結果、他の黒鬼党の者たちの居所をつきとめるために、安藤を斬らずに捕らえて口を割らせるか、尾行するか、どちらかということになった。

そのとき、孫六が、

「あっしらで、安藤を尾けやすぜ」

と、言い出した。それで、孫六、茂次、三太郎の三人で、尾行することになったのだ。

この場に三人で来たのは、長丁場になることを予想し、交替して見張ることにしたからである。

松の老樹の陰に身をひそめていっときしたとき、

「おれが、屋敷の様子を見てくるぜ」

と、茂次が言った。

「気付かれるなよ」

と、孫六。

「へまはしねえよ」

そう言い残し、茂次がその場を離れた。

茂次は安藤の屋敷の木戸門の隙間から覗いたり、隣の屋敷との間に踏み込んで裏手にまわったりしていたが、しばらくすると、孫六たちのそばにもどってきた。

「どうだい、なかの様子は？」

孫六が訊いた。

「いるようだぜ」

茂次によると、奥の座敷で男の野太い声が聞こえ、障子に大柄な人影が映ったという。それに、妻女らしい女の声も聞こえた。女の声はか細く、元気がなかったそうである。病気なのかもしれない。

「安藤が屋敷にいるなら、出てくるだろうよ」

孫六がつぶやくように言った。

それから、半刻（一時間）ほど三人で見張っていたが、昼ちかくなったので、交替でめしを食ってくることにした。忍川沿いの通りをしばらく歩けば、町人地になり、そば屋や一膳めし屋があるはずである。

「まず、とっつァんからだ」

茂次が言った。

「めしだけで、もどるからな」

孫六は、酒は飲まずにもどると言いたかったのである。

孫六がその場を離れて、小半刻（三十分）ほどしたとき、安藤家の木戸門があいた。

「茂次さん、出てきた！」

三太郎が目を剝《む》いて言った。

木戸門から巨漢の武士が姿を見せた。安藤である。羽織袴姿で二刀を帯びていた。

安藤は通りに出ると、大股で和泉橋の方へ歩きだした。

「三太郎、尾けるぜ」

「孫六さんは、どうしやす」

「とっつァんは心配《しんぺえ》ねえ。おれたちがここにいなければ、安藤の跡を尾けたと思うはずだ」

孫六は、この場で茂次たちを待つか、長屋に帰るかするだろう。

茂次と三太郎は、樹陰から通りへ出た。安藤から一町ほど距離をとって、跡を尾けていく。

尾行は楽だった。巨漢の安藤は目立ったし、後ろを振り返って見るようなことはしなかったからである。

前を行く安藤は、神田川にかかる和泉橋のたもとに出ると、右手に折れた。そのまま神田川沿いの道を湯島方面へ歩いていく。

安藤は湯島の手前で昌平橋を渡った。昌平橋も、神田川にかかる橋である。

「三太郎、急げ」

茂次が走りだすと、三太郎もつづいた。昌平橋は人通りが多く、人影にまぎれて安藤の姿が見えなくなったのだ。

「茂次さん、あそこだ」

三太郎が橋のむこうを指差した。

安藤が橋を渡り終えたところだった。行き交う人々のなかに、巨漢の安藤が見えた。通行人から頭一つ出ている。そこは八方から道が集まっているところで、八ッ小路と呼ばれ、大勢の通行人が行き交っていた。

「図体がでけえから、目立つぜ」

茂次が苦笑いを浮かべた。

安藤は八ッ小路を左手に折れ、神田川沿いの道を駿河台《するがだい》の方へむかった。右手に神田川が流れ、左手には大小の武家屋敷がつづいている。

安藤は駿河台に入って間もなく、右手の路地に折れた。通りの左右に、旗本屋敷の長屋門や築地塀がつづいていた。

安藤は旗本屋敷らしい門前に足をとめた。片番所付の長屋門である。二百石ほどの小身の旗本らしい。おそらく、門番はいないだろう。安藤は、くぐり戸をあけて屋敷のなかに入っていった。

茂次と三太郎は、長屋門の脇まで来て足をとめた。

「茂次さん、どうしやす」

三太郎が、長屋門に目をやりながら訊いた。

「しばらく、様子をみるか」

茂次と三太郎は、斜向《はす》かいにある旗本屋敷の築地塀の陰に身を寄せて、安藤がくぐりから入っていった屋敷の門前に目をむけた。

一刻（二時間）ほど過ぎた。安藤は屋敷から出てこなかった。

「腹がへったな」

茂次がげんなりした顔で言った。

すでに、陽は西の空にまわっていた。七ツ（午後四時）ごろかもしれない。茂次は腹がへっていたし、喉も渇いていた。朝から飲み食いしてなかったのだ。

「腹がへってどうにもならねえ」

三太郎が弱音を吐いた。三太郎も、茂次と同じように朝から何も口にしていなかった。

「今日のところは、これまでにするか」

茂次は、明日出直して安藤が訪ねた屋敷の主が何者なのか聞き込んでみようと思った。

その夜、茂次たちは源九郎の部屋に集まった。源九郎、菅井、島田、茂次、孫六、三太郎の六人である。

茂次から話を聞いた源九郎が、

「駿河台の屋敷の主だが、黒鬼党にかかわりがあるかもしれんな」

と、言った。旗本の身分からして、頭目格の男ではないかとみたのである。

「明日、手分けして聞き込んでみやすよ」

と、茂次。

「わしらも行こう」

源九郎が言った。

翌日、茂次、孫六、源九郎が駿河台に行き、三太郎、菅井、島田の三人が、御徒町に行って、さらに安藤を尾けることになった。

源九郎たちは五日かけ、旗本屋敷の界隈《かいわい》で聞き込んだり、屋敷の下女に銭を握らせて話を聞いたりして、屋敷の主を調べ上げた。

当主の名は宇津大膳《うづだいぜん》。二百石の旗本で、非役であった。ただ、五年ほど前まで宇津の父親は御小姓衆で、幕閣ともつながりがあったという。

宇津は非役のため暇をもてあまし、父親のような要職に就けなかったこともあって、吉原の花魁《おいらん》を贔屓《ひいき》にして登楼したり、柳橋の料亭へ繰り出したり、遊び歩くことが多いらしい。

それに、宇津が巨漢の御家人やうろんな武士と歩いているのを見たという者が、何人もいた。

源九郎たちが安藤と宇津の身辺を洗いだして六日目の夜、六人の仲間が源九郎の家に顔をそろえた。

「宇津は、黒鬼党のひとりとみていいな」

まず、源九郎が切り出した。

「おれもそうみる」

菅井が言い添えた。

「それで、どうしやす。しばらく、安藤と宇津を泳がせやすか」

孫六が集まった男たちに視線をまわして訊いた。

「泳がせるのもいいが、面倒だな。安藤の口を割らせれば、早いぞ」

菅井が言った。

「そうだな。わしらには、駒が二枚あるからな。安藤が口を割らなければ、宇津を尾行すればいいのだ」

源九郎が言うと、男たちがうなずいた。

第五章　舟の上

一

「今日も、だめかもしれねえ」

孫六がつぶやくような声で言った。

「そのうち、姿を見せるさ」

源九郎が言った。

源九郎、菅井、孫六の三人は、和泉橋近くの桟橋に舫《もや》ってある猪牙舟《ちょきぶね》のなかにいた。舟は三崎屋に話して借りたのである。

源九郎たちは、安藤を捕らえ、人目につかない場所に連れ出して口を割らせるつもりだった。ところが、町方でも幕府の目付筋でもない源九郎たちが、安藤家に押し入って捕らえることはできなかった。屋敷を出たところを襲い、縄をかけて町中を連行するわけにはいかない。そんなことをすれば、大勢の者の目に触れ、大騒ぎになるだろう。

そこで、猪牙舟を使うことにしたのだ。安藤が通りかかる道筋近くに舟をとめておき、身柄を拘束して舟に乗せ、話のきける場所に連れていくのである。

舟をとめておく適所があった。神田川である。安藤は宇津家に行くおり、和泉橋のたもとへ出て神田川沿いの道をたどって昌平橋を渡る。その間に舟をとめておけば、安藤を捕らえてすぐに舟に乗せることができるのだ。

舟に乗せてしまえば、どうにでもなる。神田川から大川に出て、近くに船影のない場所に行けば好きなように話を聞けるだろう。

安藤家を見張るうちに、安藤がときおり宇津家や佐久間町の料理屋に足を運んでいることが分かった。佐久間町は、神田川沿いにひろがっている。

それで、源九郎たちは和泉橋近くの桟橋に舟をとめて、安藤が通りかかるのを待つことにしたのだ。

ところが、安藤はなかなか姿を見せなかった。すでに、源九郎たちがこの場に来るようになって四日目である。

「そろそろ、陽が沈みやすぜ」

孫六が西の空に目をやって言った。

陽が、家並の向こうに沈みかけていた。あと小半刻（三十分）もすれば、暮れ六ツ（午後六時）の鐘が鳴るだろう。

神田川沿いの道は、ちらほら人影があった。出職の職人や風呂敷包みを背負った店者《たなもの》などが、沈む夕日に急《せ》かされるように足早に通り過ぎていく。

「これから、安藤が宇津家に行くことはないな」

菅井が渋い顔をして言った。

暮れ六ツちかくなってから、安藤が宇津家を訪問するとは思えないので、屋敷を出るとすれば、佐久間町の料理屋であろう。

「いずれにしろ、茂次がもどるまで待とう」

茂次は、屋敷の近くで安藤を見張る、と言って、舟から離れていたのだ。

それからいっときすると、陽が沈み、暮れ六ツの鐘が鳴った。その鐘の音が合図でもあるかのように、通り沿いの店が店仕舞いし始めた。いっときすると、通りの人影もすくなくなり、辺りが急に静かになった。

神田川の土手に群生した葦《あし》や芒《すすき》のなかに淡い夕闇が忍び寄っている。通りの人声や物音がやみ、神田川の流れの音だけが絶え間なく聞こえていた。

そのとき、桟橋の方に走り寄る足音が聞こえた。

「茂次だ！」

孫六が声を上げた。

和泉橋のたもとに、茂次が姿をあらわした。桟橋の方へ走ってくる。

茂次は桟橋につづく石段を駆け下りると、

「来やすぜ！　安藤が」

と、声を上げた。走りづめで来たらしく、肩で息をしている。

「ひとりか」

菅井が訊《き》いた。

「へ、へい」

「よし、行くぞ」

菅井が刀を手にして立ち上がった。

源九郎もすぐに立ち、

「孫六、すぐに舟を出せるようにしておいてくれ」

と声をかけ、桟橋に飛び下りた。

「待ってやすぜ」

孫六は艫《とも》に立ち、舫い綱を杭からはずし始めた。

源九郎と菅井は茂次につづいて、和泉橋のたもとへ走った。

「あそこに、安藤が！」

茂次が御徒町へつづく通りを指差した。

通りの先に人影が見えた。巨漢の武士が、こちらに歩いてくる。安藤である。

「よし、手筈《てはず》どおりだ。菅井、頼むぞ」

源九郎はそう言って、橋のたもとにある柳の樹陰にむかった。茂次も、源九郎につづいた。

「まかせておけ」

菅井は、神田川沿いの通りを湯島の方へ走った。

源九郎と菅井は、安藤が和泉橋のたもとを湯島方面に折れ、桟橋のすぐ近くに来てから挟み撃ちにすることにしていたのだ。

安藤は足早に和泉橋に近付いてきた。そして、橋のたもとまで来ると、右手にまがり、湯島方面へむかった。源九郎や菅井の読みどおりである。

菅井は、岸辺近くの柳の樹陰に身を隠していた。巨漢の安藤が、しだいに近付いてくる。その安藤の後方に、源九郎の姿が見えた。安藤をやり過ごしておいて、後を追ってきたのだ。安藤は源九郎に気付いていない。

菅井は安藤が十間ほどに近付いたとき、樹陰から通りへ出た。

前方に立ちふさがった菅井を見て、安藤が、ギョッとしたように足をとめた。

「うぬは、菅井！」

安藤が、声を上げた。どうやら、菅井の名も知っているようだ。

「大川端での借りを返させてもらうぞ」

菅井は安藤に歩を寄せながら、左手で刀の鯉口を切り、右手を刀の柄《つか》に添えた。

「居合だな！」

安藤は後じさりながら、背後に目をやった。逃げようとしたらしい。

だが、背後から迫ってくる源九郎の姿を目にし、

「挟み撃ちか！」

と甲走った声を上げて、動きをとめた。

「おぬしらが、おれを襲ったのと同じ手だ」

菅井は、安藤との間合をつめた。

スルスル、と菅井が安藤との間合をつめていく。居合腰に沈め、抜刀体勢をとっている。

源九郎も、安藤のすぐ後ろに近付いていた。すでに、刀を抜き、切っ先を安藤にむけている。

「お、おのれ!」

安藤の顔がこわばり、視線が揺れた。巨体が顫《ふる》えている。興奮と恐怖である。

菅井が一足一刀の間境に迫った。

安藤が刀の柄に手をかけ抜こうとした瞬間だった。

菅井の体がさらに沈み、シャッ、という刀身の鞘走る音がして、腰元から閃光《せんこう》がはしった。

迅《はや》い! 居合の抜きつけの一刀である。

次の瞬間、安藤の頬に細い血の線が斜にはしった。菅井の一撃が、頬を逆袈裟《ぎやくげさ》に斬り上げたのである。

アッ! と声を上げ、安藤がその場に立ち竦《すく》んだ。驚愕《きようがく》に目を剝《む》き、凍りついたようにつっ立っている。右手は、柄を握ったままだった。菅井の抜刀が迅く、抜く間もなかったのである。

安藤の頬から、血がたらたらと筋をひいて流れた。菅井は、切っ先で頬の皮肉をうすく斬っただけだったのだ。

「次は、首を刎《は》ねるぞ」

菅井が、安藤を見すえながら低い声で言った。細い目がつり上がり、般若《はんにゃ》のような顔が赤みを帯びていた。凄《すご》みのある顔である。

「うぬ！」

それでも、安藤は巨体を顫わせながら刀を抜こうとした。

「よせ。ここで、命を捨てたいのか」

そう言って、源九郎が背後から切っ先を安藤の首筋にあてた。

「……！」

安藤は右手で刀の柄を握ったまま身を硬くした。

「茂次、この男を縛ってくれ」

源九郎が言った。

いつ来たのか、茂次が源九郎の後ろに立っている。

「合点でさァ」

すぐに、茂次がふところから細引を取り出した。

茂次が安藤の太い腕をつかもうとすると、

「茂次、気をつけろ。この男は柔術を遣う」

源九郎が言った。それに、強力の主だった。素手で、首の骨をへし折るぐらいのことはやるだろう。

だが、安藤は抵抗しなかった。茂次のなすがままに両腕を後ろに取られ、細引で縛られた。もっとも、源九郎と菅井に切っ先をむけられていては、抵抗のしようがなかったのであろう。

「おれを、町方に渡すつもりか」

安藤が訊いた。体の顫えは収まっている。いくぶん、興奮と恐怖が薄れてきたようである。

「町方にも火盗改にも、渡さん」

源九郎が言った。

「どうするつもりだ?」

「まず、話を聞いてからだな」

源九郎が、切っ先を突き付けたまま、行け、と声をかけた。

安藤は源九郎たちに取りかこまれて歩きだし、桟橋から舟に乗った。辺りは濃い暮色に染まり、上空にはかすかに星のまたたきも見られた。神田川の黒ずんだ川面が、無数の襞《ひだ》のように波の起伏を刻んでいる。

「舟を出しやすぜ」

茂次が艫に立って声をかけた。

安藤を舟に乗せてから孫六と替わったのだ。舟をあやつるのは、茂次の方がうまかったのである。

源九郎たちの乗る舟は、神田川の川面をすべるように下っていく。

いっときすると、舟は大川へ出た。茂次が艪《ろ》を巧みにあやつって、水押《みよし》を川下へむけた。眼前に、両国橋が迫っている。

「どこまで行きやす？」

茂次が声を大きくして訊いた。大川の流れの音で、大声でないと聞こえないのだ。

「中洲辺りで、いいかな」

源九郎が言った。

大川を下り、新大橋をくぐった先の日本橋寄りに浅瀬があった。中洲と呼ばれている。その辺りまで行けば船影もすくなくなり、舟をとめて話が聞けるだろう。

前方に新大橋が迫ってきた。夕闇のなかに、黒い橋梁が辺りを圧するように長く延びている。

大川は黒ずんだ川面に無数の波の起伏を刻みながら、江戸湊《えどみなと》の彼方まで滔々《とうとう》と流れていた。日中は、猪牙舟、屋形船、艀《はしけ》、高瀬舟などが行き交っているのだが、いまは船影もなく、川の流れの音だけが轟々《ごうごう》とひびいている。

「そろそろ中洲ですぜ」

茂次は、水押を右手の日本橋側に寄せた。

流れの音が静まり、川面の波の起伏もゆるやかになってきた。茂次は岸沿いに杭が立っているのを目にして、船縁を寄せた。そして、舫い綱を杭にかけて舟をとめた。

「ここなら声を出しても、だれも気付かねえ」

孫六が言った。

源九郎は安藤と向き合って、船底に腰を下ろし、

「安藤、聞いたとおりだ。泣こうが、喚《わめ》こうが好きにしていいぞ」

そう言って、刀の切っ先を安藤の首筋にむけた。

安藤は何も言わなかった。血の気のない顔を源九郎にむけただけである。

三

「まず、おぬしらの頭《かしら》から聞こうか」

源九郎が切り出した。

「…………」

安藤は、無言のまま源九郎を睨むように見つめている。ただ、顔は恐怖でこわばり、巨体は顫えていた。

「頭は、宇津か」

源九郎が宇津の名を出した。

「……知らぬ」

安藤が小声で言った。

「いまさら、隠すこともあるまい。すでに、うぬらが黒鬼党であり、宇津も仲間であることは分かっているのだからな」

宇津が仲間かどうかはっきりしなかったが、源九郎はまちがいないとみていた。

「頭は宇津か」

源九郎が語気を強めて訊いた。その拍子に切っ先がわずかに伸び、安藤の首筋の皮肉をすこしだけ切った。

ヒッ、と安藤が喉のつまったような悲鳴を洩《も》らし、首を伸ばして身を硬くした。首筋で、血が赤い粒になり、糸のようにつたっていく。

源九郎が刀を引くと、

「う、宇津どのだ」

安藤が顔をゆがめて言った。

「旗本の身で、押し込みか」

そう言って、源九郎が顔をしかめた。黒鬼党は金を奪うだけでなく、何人もの奉公人を斬り殺しているのだ。

「武芸を奨励し、惰弱《だじゃく》な幕臣たちを武士らしく鍛えなおすためだ」

安藤が声を強くして言った。

「公儀の後ろ盾で、武芸指南所を建てるそうだが、そんな話はあるまい。宇津が勝手に言い出しただけではないのか」

源九郎は、旗本である宇津が腕の立つ者を仲間に引き入れるために、都合のいい話を持ち出したとみていた。宇津の父親が幕閣とつながりがあったことで、真実らしい話になったにちがいない。

「公儀の武芸指南所は、後の話だ」

安藤が言った。

「どういうことだ？」

「まず、われらの手で練兵館や玄武館を上まわるような大道場を建て、剣術だけでなく、槍術、柔術、居合などの武芸を指南するのだ。そして、幕臣の多くが入門してから、幕府直属の武芸指南所として認めるよう公儀に働きかける」

「幕府が、市井の一道場を直属の武芸所として認めるわけがなかろう」

「認めなければ、それでもいい」

「なに」

「いずれにしろ、おれたちの指南所は　江戸随一の武術道場として名を馳《は》せることになるのだ。そうなれば、幕府の手助けなどはいらなくなるではないか」

安藤の声が上ずってきた。

「そのために、押し込みか」

「大道場を建てるために、金がいるのだ。……大店《おおだな》には、金がいくらでもある。われらのためにてしかるべきだ」

安藤の目がつり上がり、顔が紅潮してきた。何かに憑《つ》かれたような顔付きである。

「罪のない奉公人を斬り殺すこともか」

「われらの大願成就のためには、やむを得ぬ」

「身勝手な言い分だな」

源九郎はあきれた。

そのとき、源九郎と安藤のやり取りを聞いていた菅井が、

「江原どのを仲間に引き入れたのは、柳川だな」

と、訊いた。菅井の顔がこわばり、双眸《そうぼう》がうすくひかっていた。胸の内の憤怒
を抑えているのである。

「そうだ、柳川どのは荒巻道場の師範代だったころ、江原を指南したそうではな
いか。おぬしもな」

安藤が菅井に目をむけて言った。安藤の口元に嘲笑《ちょうしょう》が浮いたが、すぐに消え

た。

「江原を斬ったのは、柳川だな」

さらに、菅井が訊いた。

「江原は仲間にくわわって間もないのに、柳川どのに逆らったからだ」

「女を斬るのを断ったようだが、武士として当然ではないか」

菅井の声が震えた。胸の内の憤怒のためである。

「女も男もない」

「おのれ！」

咄嗟《とっさ》に、菅井は手にした刀で安藤の首を斬り落とそうとしたが、思いとどまった。まだ、安藤から訊いておかねばならないことがあったのだ。

「安藤、柳川の住処《すみか》はどこだ」

菅井が安藤を睨みすえて訊いた。

「し、知らぬ」

「言わねば、うぬの首を斬り落として、日本橋の高札場に晒《さら》してくれるぞ」

菅井が切っ先を安藤の盆の窪にあてた。いまにも、刀をふるいかねない迫力がある。

「知らぬものは、しゃべれん。おれは、柳川どのの家に行ったことはないのだ。……ただ、家の近くまでは行ったことがある。深川の清水町《しみずちょう》だ」

安藤によると、所用があって清水町へ行ったとき、偶然柳川と出会って話したという。

「横川の河岸通りか」

どうやら、安藤の話は嘘ではないようだ。菅井は、荒山から、一年ほど前に柳川と横川の河岸通りで会って話したとき、柳川といっしょに熊のような大男がいたと聞いていた。大男が、安藤であろう。

「それで、柳川の家は長屋か」

「いや、借家だと聞いている」

「うむ……」

菅井は、それだけ聞けば、柳川の住処はつきとめられると思った。

菅井が口をとじると、源九郎が、

「ところで、ほかに仲間がふたりいるな」

と、訊いた。

江原が殺されたので、黒鬼党は五人になっていた。頭目の宇津、居合を遣う柳川、柔術の安藤、そして、残りのふたりである。

「土屋《つちや》と千島だ」

土屋峰蔵《みねぞう》は牢人だが、一刀流と槍の遣い手だという。また、千島半十郎も一刀流の遣い手で、宇津家の用人だったという。いまは、用人の任を離れているが、宇津の家臣として指図にしたがっているそうである。

また、宇津も少年のころから本郷にある一刀流の溝口《みぞぐち》道場で学んだ遣い手で、千島と土屋も同門だったという。道場の兄弟弟子というかかわりから、宇津や千島たちは結びついたそうである。

「溝口道場か」

源九郎は、溝口道場を知っていた。道場主は溝口宗三郎《そうざぶろう》、中西派一刀流の遣い手である。

ただ、源九郎は溝口の名と噂を聞いたことがあるだけで、本人に会ったことも道場がどこにあるかも知らなかった。

「ところで、ふたりの住処はどこだ」

源九郎が声をあらためて訊いた。

「土屋は、柳川と同じ清水町の長屋に住んでいるらしいが、おれは行ったことがない」

安藤によると、柳川が土屋と親しくしていて連絡をし合っているそうだ。また、千島の家は下谷、長者町《ちょうじゃまち》にあるという。近くに、辻番所があるそうだ。

「そうか」

源九郎が口をつぐんだ。双眸がひかっている。黒鬼党の全貌が見えてきたのである。

「おれを、どうするつもりだ」

安藤が訊いた。

「おぬしも武士なら、夜盗の汚名を着たまま死にたくはあるまい」

菅井が低い声で言った。腰を浮かした菅井の身構えに殺気がある。

「なに……」

安藤の顔が、夜陰のなかでゆがんだ。

「武士らしく、死なせてやろう」

菅井が、ごめん！　と言いざま、安藤の腰の小刀を抜いて腹に突き刺した。居合の抜刀を思わせるような一瞬の動きである。

グッ、と喉のつまったような呻《うめ》き声を上げ、安藤が身をのけ反らせた。

安藤は後ろ手に縛られたまま膝を立てて、立ち上がろうとした。肩で菅井に体当たりしようとしたのかもしれない。

すかさず、菅井が小刀で膝を立てた安藤の腕の細引を切り、

「うぬは、腹を切ったのだ」

と言いざま、安藤の両襟をつかんで、船縁から巨体を突き落とした。

ザブン、という大きな音とともに、川面に水飛沫《みずしぶき》があがった。安藤の巨体が闇につつまれた川面から水中に沈んでいく。

「次は、柳川だな」

菅井が深い闇を睨みながらつぶやいた。

四

穏やかな晴天だった。陽射しは強かったが、初夏らしいさわやかな微風《そよかぜ》が吹いている。

四ツ（午前十時）ごろである。源九郎は孫六を連れて、竪川沿いの道を両国方面へむかって歩いていた。

陽気がいいせいか、竪川沿いの道はいつもより人通りが多かった。ぼてふり、

行商人、供連れの武士などに混じって、町娘や子供連れの母親の姿などが目についた。

「孫六、栄造もくるのかな」

歩きながら、源九郎が孫六に訊いた。

源九郎たちが、安藤を捕らえて訊問《じんもん》した三日後であった。残る黒鬼党四人の名と住処が、あらかた知れたが、源九郎は長屋の者たちだけで、四人を始末しようとは思わなかった。そこまでやるのは大変だし、町方の顔も立てねばならない。ただ、町方も、旗本や御家人は管轄外なので、宇津や千島を捕縛するのはむずかしいだろう。それに、菅井が柳川だけは自分の手で斬りたいと言ったので、柳川を町方にまかせるつもりはなかった。そこで、村上に相談しようと思い、栄造につないでもらったのである。

「へい、栄造も笹崎屋《ささざきや》で待っていると言ってやした」

孫六が言った。

笹崎屋は、日本橋橘町《たちばなちょう》にあるそば屋である。村上は巡視の途中、笹崎屋で一休みしているので、そこへ、源九郎たちに来て欲しい、との話が栄造をとおしてあったのだ。

源九郎と孫六は両国橋を渡り、賑やかな両国広小路を抜けて、米沢町《よねざわちょう》の町筋に入った。その通りを日本橋方面へ向かえば、橘町である。

橘町へ入っていっとき歩くと、前方に浜町堀にかかる汐見橋《しおみばし》が見えてきた。笹崎屋は汐見橋のたもとにあると聞いていた。

「旦那、あれが笹崎屋ですぜ」

孫六が指差した。

汐見橋のたもとに、そば屋らしい店があった。店先に暖簾《のれん》が出ている。思ったより大きな店で、二階もあった。

源九郎たちが暖簾をくぐると、土間の先が追い込みの座敷になっていた。その上がり框《がまち》に、栄造が腰を下ろしていた。そこに、村上の姿はなかった。

栄造は源九郎の姿を目にすると、腰を上げて近寄ってきた。

「村上の旦那が、奥の座敷で待っていやす」

栄造が小声で言った。

そこへ、店の小女が出てきて、源九郎たちを追い込みの座敷の奥にある小座敷に案内してくれた。村上から、源九郎たちのことは話してあったようだ。

座敷のなかほどに、村上がひとり座って茶を飲んでいた。

「村上どの、待たせましたかな」

源九郎は、すぐに村上の脇に腰を下ろした。

「いや、おれも、いま来たところだ」

村上は、いつもの仏頂面で言った。

栄造と孫六は、障子近くにかしこまって膝を折った。

源九郎たちが座敷に腰を落ち着けるとすぐ、小女が源九郎たちのために茶を運んできた。小女は、茶を出し終えると、村上に頭を下げただけで、注文も訊かずに下がってしまった。村上から、注文は話が済んでから、と話してあったのだろう。

村上は源九郎が茶で喉をうるおすのを待ってから、

「黒鬼党の正体が、知れたそうだな」

と、切り出した。

「ひとりは、わしらが斬った」

源九郎は湯飲みを手にしたまま言った。

「どういうことだ?」

「巨漢の武士に襲われてな、斬り合いになったおりに、やむなく……」

源九郎は舟で大川に連れ出し、話を訊いた後で斬殺し、大川に捨てたことは口にしなかった。町方をさしおいて、そこまでやったことを村上が知れば、機嫌を悪くすると思ったからである。

「残りは四人ということか」

村上が訊いた。

「そうなる」

「四人の名から訊こうか」

「わしらがつかんだのは、三人だけなのだ」

源九郎は柳川のことは伏せておこうと思った。もっともらしい理由をつけて、菅井に討たせようと思ったのである。

「三人の名を教えてくれ」

「宇津大膳、土屋峰蔵、千島半十郎……」

「三人は牢人か」

「いや、牢人は土屋だけだ」

源九郎は、宇津が二百石の旗本であり、千島が宇津家の家臣であることを話した。

「宇津という男は、二百石の旗本か」

村上は困惑したような顔をした。相手が旗本では、町方は手が出せないのである。

「村上どの、宇津はわしらに斬らせてもらえんかな。……わしら長屋の者は、黒鬼党に二度も襲われ、それなりの恨みがある」

「だが、旗本を斬れば、おぬしらもただではすまんぞ」

村上によると、幕府の目付筋が動く可能性があるし、宇津家の肉親や家臣が敵を討とうとするかもしれないという。

「黒鬼党は、武芸の道場を建てようとしていたようなのだ。いずれも、腕に覚えがあり、宇津も剣の遣い手らしい。そこで、剣の立ち合いということで、始末をつければいいとみておるのだ」

剣の立ち合いに敗れて落命したことにすれば、幕府としても都合がいいだろう。旗本が盗賊の頭として捕らえられたとなれば、幕府の威信にかかわるのだ。それに、剣の立ち合いとなれば、敵討ちの話も出ないだろう。

「それがいいな」

村上は、顔をやわらげた。町奉行所としても、宇津が立ち合いで落命してくれれば、都合がいいのである。

「ところで、土屋と千島は、どうされるな」

源九郎が訊いた。

「ふたりは、町方で捕《と》る」

村上が顔をけわしくして言った。

村上によると、千島は武士だが、宇津家の用人という立場からも離れているようなので、牢人として捕縛することができるだろうという。

「ふたりは、おまかせしよう」

源九郎は、村上に土屋と千島の住処を話した。ただ、安藤から聞いたままなので、はたしてふたりがそこに住んでいるかどうか分からない、と言い添えた。

「後は、おれたちがつきとめよう」

村上が、栄造に目をむけて言うと、栄造が顔をひきしめてうなずいた。探るのは、岡っ引きたちなのである。

それから、源九郎たちは、村上が頼んだそばで腹ごしらえをしてから腰を上げた。

「華町どの」

村上が、立ち上がった源九郎に声をかけた。

「なにかな」

「はぐれ長屋の者に、借りができたな」

村上が口元に苦笑いを浮かべて言った。

五

源九郎が村上に会った翌日から、茂次、孫六、三太郎の三人が、交替で駿河台にある宇津の屋敷を見張り、尾行をつづけた。その結果、宇津は柳橋にある浜菊《はまぎく》という老舗《しにせ》の料理屋に、ときおり出かけることが分かった。

浜菊の女中にそれとなく訊くと、宇津は三年ほど前から浜菊の清乃《きよの》という座敷女中を贔屓《ひいき》にして通うようになったという。

三年前というと、宇津が黒鬼党の頭として悪事を働く前である。おそらく、宇津には料理屋に通う金を手にしたい気持ちもあったのであろう。

茂次たちから話を聞いた源九郎は、

「浜菊からの帰りを狙おう」

と、すぐに言った。

おそらく、宇津は暗くなってから神田川沿いの道を通るだろう。宇津はお忍びで出かけているはずだから、供は連れていないはずだ。待ち伏せして討ち取る好条件がそろっている。そう、源九郎はみたのである。

「あっしらが、浜菊を見張りやすから、華町の旦那は長屋にいてくだせえ」

茂次が、源九郎に言った。

柳橋とはぐれ長屋のある相生町は、遠くなかった。浜菊に宇津が入ったのを見てから、動いても間に合うというのだ。

茂次たちが浜菊を見張り始めて、三日目だった。そろそろ暮れ六ツ（午後六時）かと思われるころ、茂次といっしょに浜菊を見張っていた三太郎が、源九郎の家に飛び込んできた。

「華町の旦那、宇津が姿を見せやした！」

三太郎が息をはずませて言った。

「宇津、ひとりか」

源九郎が立ち上がった。

「へい」

「茂次は？」

「まだ、浜菊を見張っておりやす」

「よし、島田に知らせてくれ」

相手が宇津ひとりなら源九郎だけでよかったが、念のために島田の力も借りようと思ったのである。

このところ、菅井は柳川の塒《ねぐら》をつきとめると言って、ひとりで清水町界隈《かいわい》に出かけていた。今日も、昼すぎから出かけたので、長屋にはいないのである。

「すぐ、知らせてきやす」

言い残し、三太郎は慌てて島田の家へ走った。

源九郎、島田、三太郎の三人は長屋を出ると、両国橋を渡り、賑やかな両国広小路を通り抜けた。そして、柳原通りを歩いているとき、日本橋石町《こくちょう》の暮れ六ツの鐘がなった。西の空に血を流したような残照がひろがっている。

源九郎たちは和泉橋を渡り、佐久間町へ出ると神田川にかかる桟橋へ足を運んだ。以前、安藤を捕らえて猪牙舟に乗せた桟橋である。源九郎たちは、この桟橋で宇津が来るのを待つ手筈になっていたのだ。

「島田、橋のたもとの柳の陰に身を隠してくれ。わしも、すこし先の柳の陰に隠れる」

源九郎は、安藤を待ち伏せしたのと同じ場所に身を隠して、島田とふたりで宇津を挟み撃ちにするつもりだった。ただし、安藤のときとは逆になる。源九郎が宇津の正面に立ち、島田に背後から来てもらうつもりだった。

「承知しました」

島田は平静だった。緊張した様子はない。源九郎にまかせておけば、始末がつく、とみているのだろう。

源九郎たちが桟橋に来てから、半刻（一時間）ほど過ぎた。まだ、茂次も宇津も姿を見せない。

辺りは夜陰につつまれていた。西の空の残照も消え、いまは夜の色に変わっている。

静かな夜で、十六夜《いざよい》の月がかがやいていた。神田川の川面が月光を反射《はね》て、銀色にキラキラかがやきながら揺れている。桟橋の杭に当たる流れの音が妙に軽やかで、嬰児《えいじ》でも笑っているように聞こえてくる。

「まだですかね」

島田が、通りの方に首を伸ばして言った。

「そろそろ来るだろう」

宇津は、馴染みの女中と楽しんでいるにちがいない、と源九郎はみていた。

それからいっときして、通りの先に人影が見えた。

「茂次さんだ！」

三太郎が声を上げた。

茂次が走ってくる。月光のなかに、茂次の姿が浮かび上がったように見えた。

源九郎たち三人は、桟橋から通りに出る石段を駆け上がった。

「だ、旦那、宇津が店を出やした！」

茂次が荒い息を吐きながら言った。

「ひとりだな」

源九郎が念を押した。

「そ、それが、駕籠《かご》ですぜ」

茂次によると、宇津は駕籠を呼んだらしく、浜菊の店先で駕籠に乗ったという。

「駕籠でもかまわん。手筈どおりだ」

源九郎は、島田、頼むぞ、と言い置き、先にその場を離れた。島田、茂次、三太郎の三人も、すぐに動いた。

源九郎は和泉橋のたもとの先まで小走りに行き、岸辺近くの柳の陰に身を隠した。そこは、以前菅井が身を隠した場所である。三太郎は源九郎についてきて、近くの樹陰にまわり込んだ。

この間に、島田と茂次は橋のたもとの柳の陰に身を隠した。

いっときすると、通りの先の夜陰のなかに提灯《ちょうちん》の灯《ひ》が見えた。揺れている。駕籠の先棒に提げた小田原提灯の灯であろう。

辺りに、人影はなかった。通り沿いの表店は大戸をしめ、洩れてくる灯もなくひっそりと夜の帳《とばり》のなかに沈んでいる。

提灯の灯が、しだいに近付いてきた。駕籠かきの足音と掛け声が、しだいに大きくなってきた。

源九郎は樹陰から出ると、ゆっくりとした歩調で通りのなかほどに出た。三太郎は源九郎から十間ほど間を置いて跟《つ》いてきた。

三太郎と茂次は、手を出さないことになっていた。念のために、宇津の逃げ場をふさぐのである。

駕籠かきが、前方に立っている源九郎に気付いたらしく、足をとめた。先棒をかついでいる男の顔が、提灯の明かりに浮かび上がっている。その顔が、恐怖にゆがんでいた。辻斬りでもあらわれたと思ったのであろう。

「だれでえ！」

先棒の男が、ひき攣《つ》ったような声を上げた。

だが、駕籠を放り出して逃げださなかった。前に立った源九郎が、頼りなげな年寄りに見えたせいらしい。

源九郎は、駕籠の後方に目をやった。島田と茂次が、足早に近付いてくる。

六

「わしは、駕籠のなかの男と立ち合うためにまいった」

源九郎が、声を上げた。好々爺《こうこうや》のようなおだやかな顔ではない。剣客らしい凄《せい》絶《ぜつ》な面貌《おもて》である。

「た、立ち合いだと」

駕籠かきが、困惑したように顔をゆがめた。咄嗟《とっさ》に、源九郎が口にした立ち合いの意味が分からなかったらしい。

「剣の勝負だ！」

源九郎が強い声で言い、刀を抜いた。

ギラリ、と刀身が月光を反射《はね》てひかった。

「き、斬り合いだ！」

先棒をかついでいた男が甲走った声を上げて、棒を肩からはずした。後棒をかついでいた男も肩からはずし、駕籠が地面に落ちた。

「おまえたちまでは、斬らぬ。命が惜しかったら、去《い》ね！」

源九郎が叱咤《しった》するような声で言った。

ワアッ！　と、先棒をかついでいた男が叫び声を上げて駆けだした。すると、後棒の男も同じように悲鳴を上げて逃げだした。

「な、何者だ！」

駕籠の畳表の垂れが上がり、男がひとり出てきた。声が上ずっている。おそらく、駕籠の外のやり取りが聞こえていたのだろう。

歳は四十がらみであろうか。面長で、頰がこけていた。中背で、腰が据わっている。剣の遣い手らしい雰囲気はあるが、覇気はなかった。酒色に溺《おぼ》れた暮らしが、剣客らしさを奪ってしまったのかもしれない。

……こやつだ！

源九郎は、男の体軀《たいく》に見覚えがあった。三崎屋で、黒鬼党の者たちに指図していた男である。

「華町源九郎だ！　立ち合いを所望」

源九郎が声を上げた。近くの表店の住人の耳にとどくかもしれないと思い、大声を出したのだ。

「う、うぬは……」

宇津の顔がゆがんだ。源九郎が何者か分かったらしい。

宇津が後ろを振り返り、駆け出そうとした。その場から逃げようとしたらしい。だが、足はとまったままだった。背後に、島田と茂次が迫っていたからである。

「宇津、観念しろ！」

源九郎が声を落として言った。

「ま、待て、何が望みだ。金か、金ならいくらでも出すぞ」

宇津が声を震わせて言った。立ち合う気はまったくないらしい。

「望みは、そこもとの命だが、その前に聞いておきたいことがある」

源九郎は、まだ刀身を足元に垂らしたままだった。

「……！」

「二百石の旗本が、なにゆえ、押し込みなどを働いたのだ」

遊ぶ金欲しさだけで、押し込みまではやらないのではないか、と源九郎は思ったのだ。

「そ、それは、武芸指南所をひらくためだ」

宇津が口ごもった。

「おぬしも、師範役に就くつもりだったのか」

二百石の旗本にとって、武芸指南所の師範役はそれほど魅力的な役柄ではないだろう。

「おれは、師範役ではない！　奉行職だ」

宇津が昂《たかぶ》った声で言った。

「奉行職とな」

「そうだ。指南所の長として、奉行に取り立ててもらうつもりだ。そのためには、金がいる。幕閣に働きかけねばならんからな」

「そういうことか」

商家から奪った金は指南所を建てるためだけでなく、幕閣への賄賂《まいない》にも使われるようだ。非役である宇津は、武芸指南所を建てることより、奉行職に就くことが望みだったのかもしれない。

「もうひとつ、訊きたいことがある」

源九郎が言った。

「……」

宇津は無言のまま、落ち着きなく周囲に目をやった。何とかして、この場から逃げたいようだ。

「柳川とは、どこで知り合ったのだ」

源九郎は、宇津が千島や土屋と一刀流の溝口道場で同門だったと聞いていたので、ふたりとのつながりは推測できたが、柳川とのかかわりは読めなかった。

「くわしいことは知らぬが、千島が柳川と昵懇《じっこん》にしていたらしい。武芸指南所の話は、そもそも柳川から出たものだ」

宇津が言った。

「そうか」

源九郎は、柳川が秋葉に道場をひらく話を持ち出したことを思いだした。柳川は道場をひらくために、いろいろなところに話を持っていったようだ。道場をひらくことが、強い念願だったらしい。

源九郎が口をとじると、宇津が、

「頼む。おれを見逃してくれ」

と、懇願するような口調で言った。

「金なら、いくらでも出すぞ。……今後、盗賊のような真似もせぬ。おぬしらが、仕官を望むなら、幕府に推挙してもいい。おれは、幕閣とつながりがあるのだ。五十石や百石なら、何とかなる」

宇津が言いつのった。

「抜け！」

源九郎が鋭い声で言った。

「……！」

宇津の顔が、恐怖でゆがんだ。

「抜かねば、斬るぞ」

源九郎は八相に構え、宇津との間合をつめ始めた。全身に気勢が満ち、いまにも斬り込んでいきそうな気配がある。

そのとき、背後に立っていた島田が刀を抜いて、切っ先を宇津にむけた。これを見た宇津は後じさる足をとめ、

「お、おのれ！」

と、ひき攣ったような声を上げて刀を抜いた。

宇津は青眼に構え、切っ先を源九郎の喉元につけた。全身に闘気があらわれ、体の顫えがとまっている。逃げられないとみて、開き直ったようだ。

……なかなかの構えだ。

と、源九郎はみた。

腰が据わり、構えに隙がなかった。宇津も一刀流の遣い手なのである。

ただ、かすかに切っ先が揺れていた。気の昂りで体が硬くなり、肩に力が入り過ぎているのだ。

「まいる！」

ズイ、と源九郎が踏み込んだ。右足が斬撃の間境にかかっている。

瞬間、源九郎の喉元にむけられた宇津の剣尖《けんせん》が浮いた。

この一瞬の隙を源九郎がとらえた。

タアッ！

鋭い気合とともに、源九郎の体が躍った。

八相から袈裟へ。稲妻のような閃光《せんこう》がはしった。

すかさず、宇津が刀身を振り上げて、源九郎の斬撃を受けた。

甲高い金属音とともに青火が散り、ふたりの刀身が上下にはじき合った。次の瞬間、宇津の腰がくだけ、後ろによろめいた。源九郎の強い斬撃に押されたのである。

ヤアッ！

間髪をいれず、源九郎が二の太刀を真っ向にはなった。神速の太刀捌《たちさば》きである。

にぶい骨音がし、宇津の眉間から鼻筋にかけて血の線がはしったと見えた瞬間、血と脳漿《のうしょう》が飛び散った。源九郎の一撃が、宇津の頭蓋を斬り割ったのである。

宇津は刀を手にしたまま腰から沈むように転倒した。

地面に俯《うつぶ》せになった宇津は動かなかった。額から噴出した血で、顔が熟柿《じゅくし》のように染まっている。かすかな悲鳴も聞こえなかった。額から流れ落ちる血が地面を打ち、妙に生々しい音をたてている。

茂次と三太郎が、源九郎のそばに駆け寄ってきた。

「すげえや！」

茂次が、宇津の凄絶な死顔に目をやりながら声を上げた。三太郎と島田の顔にも、驚きのいろがある。

「始末がついたな」

源九郎が小声で言った。

源九郎の顔は赭黒《あかぐろ》く染まり、双眸が猛禽《もうきん》のようにひかっていた。真剣勝負の気の昂りと人を斬った血の滾《たぎ》りが、源九郎の体を熱くしているのである。

フウッ、と源九郎が、ひとつ大きく息を吐いた。すると、源九郎の顔から拭い取ったように血の色が薄れ、いつもの穏やかな表情がもどってきた。

「華町どの、宇津の死体はどうします」

島田が訊いた。

「ここに放置したのでは、往来の邪魔になる。片付けておこう」

源九郎は茂次と三太郎に声をかけ、四人で宇津の死体を川岸の土手まで運んで叢《くさむら》のなかに捨てた。

「長屋に帰ろう」

源九郎が言った。

あたりは深い夜陰につつまれていたが、神田川の川面は月光にきらめいていた。

浅瀬の流れの音が、サラサラとやわらかに響いている。その音が、源九郎の人を斬った後の傷心を慰撫《いぶ》するように聞こえてきた。

第六章　風のなか

一

菅井はひとり、清水町の横川の河岸通りを歩いていた。川面を渡ってきた風が、総髪を揺らしている。

八ツ（午後二時）ごろだった。通り沿いには表店《おもてだな》が並んでいたが、人通りはすくなかった。ぼてふりや風呂敷包みを背負った行商人などが、足早に通り過ぎていく。

菅井は柳川の住処《すみか》をつきとめるために清水町に来ていた。安藤を舟の上で訊問《じんもん》したおり、柳川は清水町の借家で暮らしているらしいと話した。それで、ここ二日、菅井は清水町の河岸通りに来て柳川のことを聞き込んだのだが、まだ住処はつかめなかった。

ただ、この二日間、菅井は昼すぎ一刻（二時間）ほど歩いただけなので、広い地域で聞き込んだとはいえなかった。河岸通りをまわっただけで、川岸から離れた通りには、足を踏み入れていなかったのである。

……今日は、河岸通りから離れてみるか。

と、菅井は思った。

菅井は法恩寺橋の手前を左手に折れ、川岸から離れた。そこは、裏路地で小体《こてい》な店や表長屋などが、ごてごてと軒を連ねている。

一町ほど歩いたとき、小体な八百屋が目についたので、店先にいた親爺に、

「柳川松左衛門という牢人を知らぬか」

菅井は柳川の名を出して訊《き》いてみた。

「さァ……」

親爺は、首をひねっただけである。

「借家住まいのはずだがな」

なおも、菅井が訊いた。

「分かりませんねえ」

親爺は菅井にとってつけたように頭を下げると、店先の大根を手にとった女房らしい女のそばに近寄った。

菅井は八百屋を出た。それから、小半刻（三十分）ほど歩き、路地沿いにあった下駄屋と魚屋に立ち寄って話を訊いたが、柳川の住処は分からなかった。

……別の路地かな。

菅井はしばらく歩き、四辻に突き当たると、右手に折れた。

そこも細い路地で、店屋だけでなく仕舞屋《しもたや》や長屋なども目に付いた。路地に入ってすぐ、菅井は小体な舂米屋《つきごめや》を目にとめ、唐臼《からうす》のそばにいた初老の親爺に声をかけた。

「ひとを探しておるのだがな」

「なんという名です？」

親爺が、目をしょぼしょぼさせて訊いた。人のよさそうな男である。

「柳川松左衛門という名でな、牢人だ」

「……知らねえなァ」

親爺は首をひねった。

「そうか、知らぬか」

菅井ががっかりしたような顔をすると、

「その牢人の生業《なりわい》は？」

親爺が訊いた。このまま、菅井を帰してしまうのは悪いと思ったのかもしれない。

「いまは、なにもしておらん。数年前までは、剣術道場の師範代をしていたのだがな」

まさか、夜盗だとは言えなかった。

「分からねえなァ」

「熊のような大男と連れ立って、歩いていることがあるはずだ」

菅井は、安藤から聞いたことを口にしてみた。

「ああ、そのお方なら見たことがありますよ」

親爺が言った。

「そうか、見たことがあるか」

「へい、店の前を通りかかったのを見やした」

「その男の家が、知りたいのだがな」

「たぶん、この先ですよ」

親爺は店先に出て来て通りの先を指差しながら、

「三月ほど前《めえ》に、その方が家から出て来るのを見かけたことがありやす」

と、言い添えた。

「借家か」

「へい、古い板塀でかこわれた家で」

親爺によると、一町ほど先にある八百屋の隣だという。

「親爺、すまんな」

菅井は親爺に礼を言って店先から離れた。

通りの先に行ってみると、小体な八百屋の隣に板塀をめぐらせた仕舞屋があった。古い家で、板塀もところどころ朽《く》ちて剝《は》がれ落ちていた。

菅井は八百屋から長屋の女房らしい女が出て来たのを目にとめると、近付いて、

「お女中、尋ねたいことがあるのだがな」

と、声をかけた。

女は菅井の顔を見て、ギョッとしたように立ちすくんだが、逃げ出すようなことはしなかった。総髪で般若《はんにゃ》のような顔をした菅井の顔が、怖かったにちがいな

い。女は笊《ざる》をかかえたままつっ立っていた。笊のなかには、青菜が入っている。夕餉《ゆうげ》の菜《さい》にでもするつもりで、八百屋に買いに来たらしい。

「いや、すまん。突然、声をかけて、驚かしてしまったようだ」

菅井は、満面に笑みを浮かべて女に近付いた。

「なんです」

女はこわばった顔をして、つっけんどんな物言いをした。まだ、菅井を怖がっているようだ。

「この先に借家があるな。柳川の住まいと聞いてきたのだが」

「そうですよ」

女が素っ気なく答えた。

「やはり、そうか。なに、昔、道場でいっしょだった男でな。近くを通りかかったので寄ってみたのだ」

道場でいっしょだったのは、事実である。

「……」

女は何も言わず、菅井から離れたいような素振りを見せた。

「柳川は独り暮らしかな」

菅井は、柳川が仲間と同居している可能性もあると思って訊いたのだ。

「独り暮らしですよ。三年ほど前まで、ご新造さんといっしょだったんですけどね」

女によると、柳川の妻は流行病《はやりやまい》で死んだという。

「そうか」

どうやら、柳川は荒巻道場を出た後、妻を娶《めと》ったらしい。菅井や江原と似たような道をたどったのかもしれない。

「ご新造さん、苦労したようですよ。……病で臥《ふ》せっていたのに、旦那はほとんど家にいなかったからね」

女は顔を曇らせた。

「うむ……」

柳川は、江原とちがって病身の妻を顧みなかったようである。

菅井が虚空に視線をとめて口をつぐんでいると、女は菅井に首をすくめるように頭を下げ、足早に離れていった。

女の姿が遠ざかると、菅井は足音を忍ばせて板塀に近寄った。柳川がいるかどうか確かめてみようと思ったのである。

菅井は路地から見えない場所に行き、板塀に身を寄せた。家は静かだった。物音も話し声も聞こえてこない。だれもいないようだ。

菅井は板塀の隙間からなかを覗いてみた。家はひどく荒れていた。障子は破れ、庇《ひさし》の一部が朽ちて垂れ下がっている。家のまわりには、丈の高い雑草が生い茂っていた。荒廃した暮らしぶりが推測できる荒れようである。

……うちの長屋よりひどい塒《ねぐら》だ。

菅井は胸の内でつぶやいた。

いっときして、菅井は板塀のそばから離れた。これ以上、見張っていてもしかたがないと思ったのである。

翌日、菅井は茂次、孫六、三太郎の三人を連れて、柳川の住む借家の近くに足を運んできた。四人で手分けして界隈《かいわい》で聞き込み、柳川の動向を探ろうとしたのである。

四人で探った甲斐《かい》があり、柳川の動向がだいぶ知れてきた。柳川が、借家で独り暮らしをしているのはまちがいなかった。ただ、家にいないことが多いようである。それに、陽が沈むころになると、家を出て横川の河岸沿いにある樽八《たるはち》という一膳めし屋で、酒を飲むことが多いらしい。

……明日にも、仕掛けよう。

と、菅井は思った。すでに、柳川は安藤と宇津が始末されたことを知っているかもしれない。自分の身が危ういと感じて、姿を消す恐れがあったのである。

二

「菅井、わしも手を貸そう」

源九郎が言った。

菅井は、源九郎の家に立ち寄り、今日、柳川を討ちに行くことを話したのである。

「ただ、柳川の動きしだいで、明日になるかもしれんぞ」

菅井は、柳川が樽屋に行く途中で待ち伏せようと思っていた。柳川が家から出てこなければ、どうにもならない。

借家に踏み込んでもいいが、家のなかは狭過ぎて、存分に刀がふるえないだろう。それに、他人の家に踏み込むのは危険だった。寝込みを襲うならともかく、狭い家のなかでの斬り合いは、部屋のひろさや間取りを熟知している住人に利があるのだ。

「かまわんよ」

源九郎は、当然のことのように言った。

「柳川との立ち合いには、手を出さんでくれ」

菅井は、自分の手で江原の敵を討ちたかったのだ。それに、菅井の胸の内には、ひとりの剣客として柳川の居合と勝負してみたい気があった。

柳川の居合の腕は、菅井より上かもしれない。抜きつけの一刀も神速であろう。だが、居合の一瞬の勝負は、腕だけでは決まらない。闘いのときの両者の位置、足場、天候、装束、そして、なにより心の動きが大きく左右する。一瞬の体の動きと反応は、心の動きに影響を受けやすいのだ。

「承知している」

源九郎にも、菅井の胸の内は分かっていた。

「では、頼むか」

菅井は腰高障子をあけて外へ出た。

戸口に、茂次と三太郎の姿があった。菅井が出てくるのを待っていたようだ。

「菅井の旦那、あっしらにも手伝わせてくだせえ。なに、あっしらも、手出しはしやせんから」

と、茂次がけわしい顔をして言った。どうやら、菅井と源九郎のやり取りを聞いていたらしい。

「勝手にしろ」

菅井は歩きだした。

源九郎、茂次、三太郎の三人が跟《つ》いてくる。

まだ、七ツ（午後四時）ごろのはずだが、辺りは夕暮れ時のように薄暗かった。曇天のせいである。それに、生暖かい風が吹いていた。

黒雲が流れている。昼頃までは薄曇りだったが、雲行きが変わってきたらしい。

はぐれ長屋の家々はひっそりしていた。強い風で庇が揺れ、腰高障子が音を立てている。

長屋を後にした菅井たちは、竪川沿いの通りへ出た。いつもは賑やかな通りだが、ほとんど人影はなかった。曇天のせいかもしれない。

「雨が来やすかね」

茂次が上空を見上げながら言った。

「すぐに、降ってくることはあるまい」

源九郎が言った。

黒雲が流れていたが、空をおおっている雲はそれほど厚くなかった。それに、西の空には明るさもあった。ただ、黒雲のひろがりによっては、強い雨が降ってくるかもしれない。

「雨より風だ」

菅井が、つぶやくような声で言った。

風はしだいに強くなってきた。竪川沿いの柳が、ヒュウ、ヒュウと音をたて、蓬髪《ほうはつ》を振りまわすように揺れている。

菅井は、風が勝負の行方を左右するだろうとみていた。居合は、一瞬の気の動きや着物の乱れなどが大きく影響するのだ。

「菅井、風を味方につけることだな」

歩きながら、源九郎が言った。源九郎も、風に勝負が左右されることを知っていたのだ。

「分かっている」

菅井は、小声で答えただけである。

やがて、菅井たちは横川にかかる北辻橋のたもとに出た。左手におれれば、清水町に出られる。

風はさらに強くなってきた。疾風《はやて》である。

横川の川面が波立ち、白い波頭が岸に打ち寄せていた。それでも、川沿いの通りには、まだ人影があった。仕事を終えた出職の職人や大工、船頭などが、風に逆らうように前屈みの格好になって通り過ぎていく。

前方に横川にかかる法恩寺橋が見えてきた。この辺りから、清水町である。

通りの先に、樽八が見えた。店をひらいているらしい。まだ、柳川は店に来てないはずである。

近付くと、戸口の縄暖簾《なわのれん》が風に揺れていた。風を避けるために、表の腰高障子はしまったままだが、店のなかから男の談笑の声が洩《も》れてきた。飲み食いしている客であろう。

菅井たちは樽八の前を通り過ぎ、一町ほど歩いたところで足をとめた。その辺りは通り沿いの表店や町家がとぎれ、雑草におおわれた空き地になっていた。立ち合うにはいい場所である。

「ここで、柳川が通りかかるのを待つ」

菅井が言った。

「あっしと、三太郎とで様子を見てきやしょうか」

茂次が言うと、脇に立っていた三太郎がうなずいた。

「頼む」

柳川が家にいなければどうにもならない。

菅井は、茂次たちに柳川の住む家までの道筋、それに家が八百屋の隣にあることなどを話した。茂次たちは、まだ柳川の塒を知らなかったのである。

「やつが、動いたらすぐに知らせやすぜ」

そう言い残し、茂次と三太郎はその場を去った。

茂次たちの姿が見えなくなると、菅井は道のなかほどに立った。疾風のなかで、どう位置取りするか確かめようとしたのである。

風は横川に沿うように吹いていた。

……風を背から受けよう。

と、菅井は思った。強風に向かって立つと、強風を顔に受け、敵を見すえることがむずかしくなる。それに、居合でもっとも大事な抜き付けの一刀を、風に逆らいながらふるわねばならなくなるのだ。

背後から風を受けるためには、道のなかほどに立って、こちらに向かってくる柳川を迎え撃たねばならない。

「菅井、風で着物がからまるぞ」

源九郎が、脇に立って言った。

「承知している」

着物が体にからまないようにするのも、大事である。着物が体にからまれば、一瞬の体捌《たいさば》きが遅れるだろう。

菅井は刀の下げ緒で襷《たすき》をかけ、両袖を絞った。それに、袴の股だちも高く取り、両脛《りようずね》をあらわにした。それだけではなかった。菅井はふところから手ぬぐいを取り出すと、鉢巻きをしめた。総髪が、風で顔にかからないようにしたのである。

「それで、じゅうぶんだ」

源九郎がうなずいた。源九郎も、菅井が風を味方にして闘おうとしていることが分かったのだ。

三

「茂次たちだ！」

源九郎が通りの先を指差しながら言った。

見ると、茂次と三太郎が走ってくる。ふたりは、手ぬぐいで頬っかむりしていた。疾風で髷《まげ》がくずれるからであろう。

ふたりは、菅井のそばに走り寄ると、

「き、来やすぜ！　柳川が」

茂次が、荒い息を吐きながら言った。

「来るか」

「へい」

茂次によると、柳川が家を出て、こちらに向かったのを見てから、脇道をたどって先まわりしたという。

「よし！」

菅井は、低い声で言った。双眸《そうぼう》が、切っ先のようにひかっている。すでに、菅井の闘気は高まっていた。

「わしは、笹藪《ささやぶ》の陰にいよう」

源九郎が言った。

空き地の隅に笹藪があった。源九郎は、そこに身を隠しているという。

「華町、手出しは無用だぞ」

菅井が念を押した。

「分かっておる」

「おれが負けても、敵を討とうなどと思うなよ」

そう言ったが、菅井には源九郎の気持ちが分かっていた。源九郎は菅井があやういとみれば、柳川に斬られる前に飛び出してくるはずである。そのために、源九郎はいっしょに来たのだ。

源九郎は、うなずいただけで何も言わなかった。茂次と三太郎を連れて、空き地の笹藪の陰にまわった。

いっときすると、通りの先に人影が見えた。小袖に袴姿で、二刀を帯びていた。柳川である。柳川は手ぬぐいで頰っかむりし、向かい風に逆らうようにすこし前屈みの格好で歩いてくる。

風はさらに強くなった。ヒュウ、ヒュウと風音をたて、横川の川面を波立たせ、幾重にも白い波頭を刻みながら風下へはしっていく。

菅井は、ゆっくりと道のなかほどに出た。

ふいに、柳川が足をとめた。前方に立っている菅井の姿を目にしたようである。いっとき、柳川は立ったまま菅井を見つめていたが、ゆっくりと歩きだした。逃げるつもりはないようだ。菅井に後れをとるようなことはない、という自信があるのだろう。

柳川は十間ほどの間合をとって歩をとめた。頬っかむりした手ぬぐいの間から、底びかりした双眸が、菅井を見つめている。

……老いたな。

と、菅井は思った。

顔ははっきり見えなかったが、柳川の立っている姿に老いが感じられた。

菅井が荒巻道場で居合の指南を受けていたころから、長い年月が過ぎている。柳川の歳は知らないが、五十代半ばは過ぎているだろう。その老いが、焦りを生み、何としても武芸指南所を建てたいという思いを強くしたのかもしれない。

「菅井、おれを斬る気か」

柳川が低い声で言った。菅井の扮装《いでたち》を見れば、何をしようとしているのかすぐに分かるはずである。

「そのつもりだ」

「宇津どのと安藤どのを斬ったのは、うぬらか」

柳川の口吻《こうふん》に怒りのひびきがあった。

「いかにも」

菅井は否定しなかった。

「ならば、うぬはおれが斬らねばならんが、ひとりか？」

そう言って、柳川が周囲に目をやった。菅井の仲間がいっしょにいると思ったようだ。

「ひとりだ。おれの手で、うぬは斬る。江原と妻女の敵を討ってやる」

菅井は、すこしずつ柳川との間合をつめ始めた。

柳川は動かなかった。菅井との間合が遠かったからであろう。柳川の袴の裾が、強風をあびて足元にからまっている。

「江原と妻女の敵だと？」

柳川が驚いたような顔をして訊いた。

「江原には、病身の妻女がいたのだ。うぬが江原を斬ったために、妻女も自害した。江原の後を追ったのだ」

菅井の双眸に、怒りの色が浮いた。

「それで、うぬが敵を討つというのか。なんとも、お節介な男だな」

柳川の口元に嘲笑《ちようしよう》が浮いた。

「なんとでも言え」

さらに、菅井は柳川との間合をつめた。背を押すように、強い風が吹いている。

「やるしかないようだな」

柳川が、左手に移動した。風下のままで立ち合いたくなかったのだろう。

すかさず、菅井は右手に動いた。風上の位置を保ったままである。

柳川の足がとまった。横川の岸辺に迫り、風を横から受ける位置にまわり込めなくなったのだ。風で波が立ち、汀《みぎわ》の石垣に当たって白い波飛沫《なみしぶき》をたてている。

「風上なら、おれを斬れると踏んだのか」

柳川は、左手で刀の鍔元《つばもと》を握って鯉口を切った。その場で立ち合う気になったようだ。風下でも、菅井を斬れるという自信があるのだろう。

「いくぞ！」

菅井も左手で鯉口を切り、右手を柄《つか》に添えた。

「おれの抜きつけの一刀を、かわせるかな」

柳川の口元に薄笑いが浮いた。だが、目は笑っていなかった。頬っかむりした手ぬぐいの間から、菅井を見つめた双眸が切っ先のようにひかっている。

菅井は居合腰に沈めた。柳川も腰を沈め、抜刀大勢をとっている。ふたりの間合はおよそ五間。一足一刀の間境からは、まだ遠かった。

居合対居合。一瞬の抜刀が勝負を決する。

ふたりは対峙したまま、お互いに相手を見つめ合っていた。強風が、動かないふたりに吹き付けている。

四

ジリッ、ジリッ、と柳川が間合をつめ始めた。全身に気勢が満ち、痺《しび》れるような剣気をはなっている。

対する菅井は動かなかった。右手で刀の柄を握り、居合腰に沈めたまま、柳川の抜刀の気配を読もうとしている。

ふいに、柳川の寄り身がとまった。抜きつけの一刀をはなつ間合の半歩手前である。この間合から抜きつけても、切っ先は菅井にとどかないはずである。

柳川は全身に激しい気勢を込め、斬撃の気配を見せた。気攻めである。巨岩が迫ってくるような威圧がある。柳川は気魄《きはく》で攻め、菅井の気が乱れた一瞬の隙をとらえて、抜きつけようとしているのだ。

菅井も全身に気魄を込め、柳川の気攻めに耐えた。居合同士で対峙したおりの気魄の攻め合いである。

ふたりは微動だにしなかった。

強風のなかで、気の攻防がつづいている。

どれほどの時が、流れたのであろうか。剣気の異様な高まりのなかで、ふたりは塑像のように動かない。

ビュウ、ビュウと強風が吹き付け、汀に打ち寄せて砕け散る水音が、巨獣のけたたましい咆哮《ほうこう》のようにひびく。

と、柳川の顔がゆがんだ。強風に飛んだ波の飛沫の一滴が、顔を打ったのだ。

瞬間、張りつめていた柳川の剣気が薄れた。

この一瞬の気の乱れを、菅井がとらえた。

イヤアッ！

裂帛《れっぱく》の気合とともに菅井の体が躍った。

タアッ！

間髪をいれず、柳川も抜きつけた。

シャッ、という刀身の鞘走る音とともに、ふたりの腰元からほぼ同時に稲妻のような閃光《せんこう》がはしった。

迅《はや》い！　おそらく、常人の目には二筋の閃光が映っただけで、ふたりの太刀捌きは見えなかっただろう。

逆袈裟《ぎやくげさ》と逆袈裟。

腰元から掬《すく》い上げるような居合の抜きつけの一刀が、互いに相手の顔面をかすめて空を切った。

瞬間、ふたりは大きく背後に跳んだ。ふたりとも敵の二の太刀を避けようとしたのだ。しかも、ふたりは着地した瞬間に納刀していた。抜刀も迅いが、納刀も迅い。居合は、抜きつけの迅さとともに納刀の迅さも腕のうちである。

納刀し、居合腰に沈めようした瞬間、柳川の体勢がわずかにくずれた。強風で、袴の裾が足にからまったのである。

一瞬、柳川に隙が生じた。

すかさず、菅井は気合を発しざま抜き付けた。一瞬の反応である。

菅井の腰元から閃光が、逆袈裟にはしった。

刹那《せつな》、柳川も抜きつけの一刀を、横一文字にはなった。

　ザクッ、と柳川の右上腕から胸にかけて裂け、血が迸《ほとばし》り出た。一方、柳川の一撃は、菅井の着物の肩口を切り裂いて流れた。一瞬の遅れが、勝敗を分けたのである。

　柳川の顔がゆがんだ。噴いた血が、強風に飛び散っている。

「まだだ！」

　叫びざま、柳川が斬り込んできた。

　振りかぶりざま、真っ向へ。

　だが、斬撃に鋭さも迅さもなかった。居合の太刀捌きでなく、振りかぶって斬り下ろしただけの斬撃だった。

　間髪をいれず、菅井は体をひらき、刀身を横にはらった。居合の抜きつけの体捌きでふるった一撃である。

　ふたりが交差したとき、菅井の手に皮肉を截断《せつだん》する重い手応えがあった。菅井の払い胴が、柳川の腹を深く抉《えぐ》ったのである。

　柳川の足がとまり、上体が前にかしいだ。柳川は左手で腹を押さえ、蟇《ひき》のような低い呻《うめ》き声を上げてうずくまった。裂けた着物が赤く染まり、手の間から臓腑が溢れ出ている。

菅井は柳川のそばに近寄り、

「とどめを刺してやる」

言いざま、刀身を振り上げた。

柳川は助からないが、腹を斬られただけではしばらく死なないだろう。生かしておいても、長時間苦しめるだけである。とどめを刺してやるのが、武士の情だった。

柳川は顔も上げず、腹を押さえたままうずくまっている。

菅井は短い気合を発し、刀を一閃させた。

にぶい骨音がし、柳川の首が前に垂れた。次の瞬間、首根から血が赤い帯のようにはしり、疾風に吹かれて赤い火花のように飛び散った。

柳川の首は前に垂れたまま落ちず、強風で揺れていた。菅井の一颯《いっさつ》は、喉皮一枚残して斬首したのである。

柳川の首根から心ノ臓の鼓動に合わせて、血が三度飛び散り、後はタラタラと流れ落ちるだけになった。

菅井は血塗《ちまみ》れた刀身を引っ提げたまま柳川のそばに立っていた。手ぬぐいで鉢巻した般若のような顔が、真剣勝負の気の昂《たかぶ》りで紅潮していた。細い目がつり上がり、異様なひかりを帯びている。悽愴《せいそう》な顔である。

源九郎、茂次、三太郎の三人が、走り寄ってきた。

「菅井の旦那ァ！　やりやしたね」

茂次が声を上げた。

「みごとだ」

源九郎が言った。

「何とか、敵を討てたよ」

菅井の顔から真剣勝負の悽愴さは消えていたが、空しさと悲痛の翳《かげ》が浮いていた。江原と妻女の敵を討ったとはいえ、菅井の胸には同じ道場の師範代だった柳川を斬った後ろめたさがあるのであろう。

「長屋へ帰ろう」

菅井が小声で言った。

源九郎たち四人は、横川の河岸通りを歩きだした。

疾風が、横川の川面を荒れ狂うように吹き抜けていた。岸辺に植えられた柳が、蓬髪を振り乱すように揺れている。

五

「孫六、もう一杯どうだ」

そう言って、源九郎が銚子を取った。

亀楽である。飯台を前にして、源九郎、菅井、島田、孫六、茂次、三太郎の六人が酒を飲んでいた。

「こいつは、すまねえ」

孫六が目尻を下げて猪口《ちょく》を手にした。だいぶ飲んだとみえ、孫六の顔が赭黒《あかぐろ》く染まっている。

菅井が柳川を斬って半月ほど経っていた。一昨日、三崎屋の東五郎が大家の伝兵衛を連れて源九郎の家に姿を見せ、黒鬼党の始末がついたので、残りの半金をとどけにきたのである。

東五郎は源九郎に何度も礼を言った。黒鬼党に対する懸念が払拭《ふっしょく》されたので、ほっとしたのであろう。

源九郎は東五郎からもらった金を分けるために、仲間たちを亀楽に集めたのである。

「ところで、栄造から土屋の吟味の様子を聞いているか」

源九郎が、孫六の猪口に酒をついでやりながら言った。

菅井が柳川を討った翌日、村上はまず土屋を捕縛すべく、捕方とともに隠れ家へ出むいた。土屋は抵抗したらしいが、大勢の捕方にかこまれて縄を受けた。さらに、村上は土屋を捕らえた翌日、千島を奇襲した。だが、千島は捕縛できなかった。捕方にかこまれた千島は逃れられぬとみて観念し、手にした刀で己の喉を突き刺して自害したのである。

捕らえた土屋は、いまも茅場町《かやばちょう》の大番屋で村上と当番与力らによって吟味されているはずである。

源九郎は、千島が自害し、土屋が村上たちの手で吟味されていることは知っていたが、土屋が自白したかどうかまでは知らなかった。

「土屋は、みんな吐いたようですぜ」

孫六が栄造から聞いた話によると、土屋は黒鬼党で生き残ったのは自分独りと知り、観念して口をひらいたという。

「柳川と千島たちは、武芸指南所を建てることでつながったのだな」

源九郎がつぶやくような声で言った。

「柳川が千島や安藤を訪ねて、大道場をひらく話を持ち出したようですぜ」

孫六が言った。

柳川は腕の立つ御家人や牢人にそれとなく近付き、道場をひらく気がないか打診したらしいという。千島や土屋はすぐに乗り気になり、宇津や江原にも話を持ちかけたそうである。ところが、顔はそろっても道場を建てる資金はむろんのこと、幕府に働きかける金もない。そこで、金のある商家に狙いをつけたのだという。

「そうか」

五人の男は、武芸指南所をひらくことで結び付いたようである。源九郎にも、五人の気持ちが分からないでもなかった。腕に覚えがありながら、牢人や非役で無聊《ぶりよう》の日々を送っている幕臣にとって、幕府が後ろ盾となる武芸指南所の長や師範役は、願ってもない役柄なのだ。そうかといって、金を得るために商家に押し入り、罪もない奉公人を斬殺した行為は非道で、許しがたい悪行である。

「土屋は、どうなりやすかね」

茂次が脇から口をはさんだ。

「まァ、獄門だろうな」

牢人の土屋は斬罪に処せられ、獄門になるのではないかと源九郎はみていた。

「自業自得だな」

菅井が、もっともらしい顔をして言った。

「ところで、一味の奪った金はどうなったんですかね」

茂次が訊いた。

島田と三太郎は猪口の酒をかたむけながら、源九郎や茂次たちのやり取りを黙って聞いている。

「大半は、宇津と柳川が持ってたようでさァ」

孫六によると、奪った金のことも土屋が吐いたそうである。

宇津は幕府の重臣への賄賂《まいない》のためにすでに金を使っていたらしいという。一方、柳川は道場を建てる資金にするため、金を甕《かめ》に入れ、隠れ家の床下に隠していた。

村上たちが柳川や土屋の隠れ家を家捜ししたおり、床下から金の入った甕を見つけたという。

「その金は、どうなりやす」

茂次が身を乗り出して訊いた。

「どうなるかな。奪われた店に、返されるのではないのか」

源九郎は、あまり関心はなかった。源九郎たちには、縁のない金である。

「茂次、欲の皮をつっ張らせちゃァいけねえぞ。おれたちは、こうやって好きな酒を飲むだけの銭がありゃァいいんだ」

孫六が、手酌で酒をつぎながら言った。だいぶ、酔ってきたらしく、すこし体が揺れている。

「とっつァんは、飲んでさえいりゃァ極楽だからな」

と、茂次。

「おれも、余分な金はいらぬ。道場をひらこうなどと、大それたことは考えんからな」

菅井の顔も、いくぶん赤くなっている。

「菅井の旦那は、将棋さえやってりゃァ極楽だからな。銭はいらねえや」

茂次が茶化すように言った。

「道場といえば、島田の話はどうなったのだ？」

源九郎が思い出したように島田に訊いた。すると、菅井や茂次たちの顔が、いっせいに島田にむけられた。

島田が、萩江と長屋で所帯をもつおり、萩江の父親の秋月房之助は、長屋暮らしの牢人に娘を嫁がせるわけにはいかぬ、と言いだした。そして、ちかいうちに剣術の道場主になれ、と島田に言って、道場を建てるときは資金の援助をすることを約束したのだ。娘に対する父親の思いやりである。

「さァ、その後、何の話もありませんが」

島田は、他人事のような物言いをした。

すると、脇で聞いていた菅井が口をひらいた。

「島田、道場主などやめておけ。……なまじのことでは、門弟が集まらんぞ」

「そうですね」

島田は、すぐに同調した。

「それだけではないぞ。おぬしのような若い者が道場主だと、どうしても侮《あなど》られる。道場破りが、頻繁に来るはずだ」

菅井が顔をけわしくして言った。

「道場破りなら心配ないですよ。わたしには、道場破りを破る強い味方がついていますから」

島田が口元に笑みを浮かべて言った。

「だれだ、道場破りを破る味方とは?」

菅井が身を乗り出して訊いた。

「華町どのと菅井どのです」

「なに、おれと華町だと」

菅井が驚いたような顔をして聞き返した。

「ええ、道場を建てるなら、この長屋の近くにします。強そうな道場破りが来たら、華町どのと菅井どのを呼びますから、相手をしてください」

島田がすずしい顔をして言った。

「なに!」

菅井が目を剝《む》いた。源九郎も、驚いたような顔をして島田を見ている。

茂次、孫六、三太郎の三人は、口をとじたまま島田に目をむけていたが、

「そいつはいいや、菅井の旦那と華町の旦那なら、どんな道場破りも怖かァねえ」

と、茂次が声を上げた。

すると、孫六が、

「そうとも、およばずながら、あっしも手を貸しやすぜ」

と、顎を突き出すようにして言った。

「とっつァんが、道場で何を指南するんだい」

と、茂次。

「そ、そうだな。……子作りはどうだい」

孫六が、急ににやけた顔をした。

「子作り道場かい」

そう言って、茂次がゲラゲラ笑いだした。

孫六と三太郎もニヤニヤ笑っている。どうやら茂次たち三人は、いつものように飲んだ後の下卑た話になったようだ。

島田だけが、すこし顔を赤らめ困惑したような表情を浮かべている。

双葉文庫

と-12-29

はぐれ長屋《ながや》の用心棒《ようじんぼう》
疾風《はやて》の河岸《かし》

2011年7月17日　第1刷発行

【著者】
鳥羽亮《とばりょう》

【発行者】
赤坂了生
【発行所】
株式会社双葉社
〒162-8540 東京都新宿区東五軒町3番28号
［電話］03-5261-4818(営業)　03-5261-4833(編集)
www.futabasha.co.jp
（双葉社の書籍・コミックが買えます）
【印刷所】
慶昌堂印刷株式会社
【製本所】
株式会社ダイワビーツー

【表紙・扉絵】南伸坊
【フォーマット・デザイン】日下潤一
【フォーマットデジタル印字】飯塚隆士

ISBN978-4-575-66509-3 C0193
Printed in Japan

鳥羽亮

華町源九郎江戸暦
はぐれ長屋の用心棒

長編時代小説
〈書き下ろし〉

気侭な長屋暮らしに降ってわいた五千石のお家騒動。鏡新明智流の遣い手ながら、老いを感じ始めた中年武士の矜持を描く。シリーズ第一弾。

鳥羽亮

はぐれ長屋の用心棒
袖返し

長編時代小説
〈書き下ろし〉

料理茶屋に遊んだ旗本が、若い女に起請文と艶書を掏られた。真相解明に乗り出した華町源九郎が闇に潜む敵を暴く!! シリーズ第二弾。

鳥羽亮

はぐれ長屋の用心棒
紋太夫の恋

長編時代小説
〈書き下ろし〉

田宮流居合の達人、菅井紋太夫を訪ねてきた子連れの女。三人の凶漢の魔手から母子を守るため、人情長屋の住人が大活躍。シリーズ第三弾。

鳥羽亮

はぐれ長屋の用心棒
子《こ》盗《と》ろ

長編時代小説
〈書き下ろし〉

長屋の四つになる男の子が忽然と消えた。江戸では幼い子供達がいなくなる事件が続発。神隠しか、かどわかしか? シリーズ第四弾。

鳥羽亮

はぐれ長屋の用心棒
深川袖しぐれ

長編時代小説
〈書き下ろし〉

幼馴染みの女がならず者に連れ去られた。下手人糾明に乗り出した源九郎たちの前に立ちはだかる、闇社会を牛耳る大悪党。シリーズ第五弾。

鳥羽亮

はぐれ長屋の用心棒
迷い鶴

長編時代小説
〈書き下ろし〉

源九郎は武士にかどわかされかけた娘を助けた。過去の記憶も名前も思い出せない娘を襲う玄宗流の凶刃! シリーズ第六弾。

鳥羽亮

はぐれ長屋の用心棒
黒衣の刺客

長編時代小説
〈書き下ろし〉

源九郎が密かに思いを寄せているお吟に、妾にならないかと迫る男が現れた。そんな折、長屋に住む大工の房吉が殺される。シリーズ第七弾。

鳥羽亮

はぐれ長屋の用心棒
湯宿《ゆやど》の賊

長編時代小説
〈書き下ろし〉

盗賊にさらわれた娘を救って欲しいと船宿の主が華町源九郎を訪ねてきた。箱根に向かった源九郎一行を襲う謎の刺客。好評シリーズ第八弾。

鳥羽亮

はぐれ長屋の用心棒
父子凧《おやこだこ》

長編時代小説
〈書き下ろし〉

俊之介に栄進話が持ち上がり、喜びに包まれる華町家。そんな矢先、俊之介と上司の御納戸役が何者かに襲われる。好評シリーズ第九弾。

鳥羽亮

はぐれ長屋の用心棒
孫六の宝

長編時代小説
〈書き下ろし〉

長い間子供の出来なかった娘のおみよが妊娠した。驚喜する孫六だが、おみよの亭主・又八が辻斬りに襲われる。好評シリーズ第十弾。

鳥羽亮

はぐれ長屋の用心棒
雛《ひな》の仇討ち

長編時代小説
〈書き下ろし〉

両国広小路で菅井紋太夫に挑戦してきた子連れの武士。藩を二分する権力争いに巻き込まれて江戸へ出てきたらしい。好評シリーズ第十一弾。

鳥羽亮

はぐれ長屋の用心棒
瓜ふたつ

長編時代小説
〈書き下ろし〉

奉公先の旗本の世継ぎ問題に巻き込まれ、浪人に身をやつした向田武左衛門がはぐれ長屋に越してきた。そんな折、大川端に御家人の死体が。

鳥羽亮

はぐれ長屋の用心棒
長屋あやうし

長編時代小説
〈書き下ろし〉

はぐれ長屋に遊び人ふうの男二人と無頼牢人二人が越してきた。揉めごとを起こしてばかりいたその男たちは、住人たちを脅かし始めた。

鳥羽亮

はぐれ長屋の用心棒
おとら婆《ばあ》

長編時代小説
〈書き下ろし〉

六年前、江戸の町を騒がせた凶悪な夜盗・赤熊一味。その残党がまた江戸に舞い戻り、押し込み強盗を働きはじめた。好評シリーズ第十四弾。

鳥羽亮

はぐれ長屋の用心棒
おっかあ

長編時代小説
〈書き下ろし〉

伊達気取りの若い衆の仲間に、はぐれ長屋の仙吉が入ってしまった。この若衆が大店に強請りをするようになる。どうやら黒幕がいるらしい。

鳥羽亮

はぐれ長屋の用心棒
八万石の風来坊

長編時代小説
〈書き下ろし〉

青山京四郎と名乗る若い武士がはぐれ長屋に越してきた。長屋の娘たちは京四郎に夢中になるが、ある日、彼を狙う刺客が現れ……。

鳥羽亮

はぐれ長屋の用心棒
風来坊の花嫁

長編時代小説
〈書き下ろし〉

思いがけず、田上藩八万石の剣術指南に迎えられた華町源九郎と菅井紋太夫に、迅剛流霞剣の魔の手が迫る！　好評シリーズ第十七弾。

鳥羽亮

はぐれ長屋の用心棒
はやり風邪

長編時代小説
〈書き下ろし〉

流行風邪が江戸の町を襲い、おののくはぐれ長屋の住人たち。そんな折、大工の棟梁の息子が殺され、源九郎に下手人捜しの依頼が舞い込む。

鳥羽亮

はぐれ長屋の用心棒
秘剣霞颪《かすみおろし》

長編時代小説
〈書き下ろし〉

大川端で三人の刺客に襲われていた御目付を助けた華町源九郎と菅井紋太夫は、刺客を探し出し、討ち取って欲しいと依頼される。

鳥羽亮

はぐれ長屋の用心棒
きまぐれ藤四郎

長編時代小説
〈書き下ろし〉

長屋の住人の吾作が強盗に殺された。残された娘のおしのは、華町源九郎や新しく用心棒仲間に加わった島田藤四郎に、敵討ちを依頼する。

鳥羽亮

はぐれ長屋の用心棒
おしかけた姫君

長編時代小説
〈書き下ろし〉

家督騒動で身の危険を感じた旗本の娘が、島田藤四郎の元へ身を寄せてきた。華町源九郎は騒動の主犯を突き止めて欲しいと依頼される。